大いなる闇の喚び声
美術調律者、最後の戦い

目次

プロローグ

闇に蠢《うごめ》くもの

読経《どきょう》の声が聞こえる。

暗い本堂の片隅に、ぽつんと一つ蝋燭《ろうそく》が立てられている。すきま風が吹きこむたびに、幽《かす》かに赤みを帯びた炎が命あるもののごとくに揺らぐ。

安国寺《あんこくじ》
ありふれた名前だが、これは世を忍ぶ仮の姿だ。かつてはべつの名で呼ばれていた。

繙《ひもと》く者が限られた忌《い》まわしい書物には、ひそかに本当の名が記されている。

暗黒寺、もしくは、闇黒寺。

寺が祀《まつ》っているのは、世に平安をもたらすために作られた仏像ではなかった。一見すると千手観《せんじゅかん》音《のん》に似ているが、違う。

むやみに数が多いのは手ではない。顔があるべきところに据《す》えられているのは顔ではない。

寺の秘仏は、過去にただ一度、一日だけご開帳になったことがある。湘南《しょうなん》地方とは思えないほど不便な山の中にある安国寺に、何人かの酔狂《すいきょう》な者が足を運んだ。

秘仏の撮影は絶対に不可とされていた。もし盗撮したりすればたたりがある、と強い警告があった。

にもかかわらず、袋にカメラを忍ばせ、撮影を試みた不届き者がいた。その人物は、原因不明の出火により、一か月後に焼死した。

ピントのぼけた写真だけが残った。そこに写っているものが何か、ある霊能者が透視を試みたことがある。

だが、それを正しく分析する能力は、人間には備わっていなかった。自らの力を超えたものを分析しようとした霊能者の頭脳はたちまち崩壊した。彼はそのまま再起不能となった。

忌まわしい秘仏を作った者の名はわかっていた。

形上次郎《かたがみじろう》という彫刻家だ。

安国寺は形上家の菩提寺《ぼだいじ》でもあった。それがゆえに、形上次郎作の恐るべき作品が秘蔵されていた。

形上次郎は将来を嘱望《しょくぼう》された彫刻家だった。十代のころから才能を発揮《はっき》し、いくつもの注目すべき作品を発表した。

しかし、その若すぎる晩年、形上次郎の作風は一変した。何かに憑《つ》かれたかのようなおぞましい彫刻を何点か制作したのち、次郎は自らを裁くかのように死んだ。

その自殺方法は常軌《じょうき》を逸《いっ》したものだった。彫刻用の鑿《のみ》を次々におのれの顔面に突き刺し、血まみれになって死んだのだ。

致命傷になったのは、眼球に突き刺された鑿の傷だった。深々と眼窩《がんか》をえぐった鑿の尖端は、脳にまで達していた。

自殺の理由は、いまに至るまでわからない。形上次郎は遺書のたぐいをいっさい残さなかった。

だが、このような推察はなされている。有力な動機として、一部では強く支持されている。

形上次郎は見てはならないものを見てしまったのだ。その記憶を根こそぎ抹殺《まっさつ》しようとして、わが目を鑿でえぐって死んだのだ。

さて、形上次郎という名を聞いて、べつの忌まわしい名を想起する人も多いだろう。

形上太郎《たろう》。

次郎の双子の兄にあたる太郎は、一全教《いちぜんきょう》という新興宗教の教祖だった。

一《いつ》にして全なる教え、というところから一全教と名づけられた。教祖の形上太郎自身も「一にして全なるもの」であると主張し、森羅万象《しんらばんしょう》を統率する超越的存在であるとうそぶいていた。また、一部の文献には、太郎が崇拝《すうはい》していたものも「一にして全なるもの」だったと記されている。

母のハナが錯乱状態に陥《おちい》って急死し、画家だった父の一統《かずなり》も限りなく狂死に近いかたちで死んだあと、形上太郎は叔父に引き取られた。

一全教の本部はその叔父の家に置かれた。太郎に心酔《しんすい》する信者たちは出家し、形上家の離れで共同生活を送っていた。自給自足の生活を送り、夜ごとに「一にして全なるもの」を召喚《しょうかん》する怪しげな儀式を行っていたらしい。

あまりにも濃密な共同体においては、折にふれて起こりうるおぞましい出来事ではあった。連合赤軍の集団リンチ事件など、過去にはいくつもの事例がある。

形上太郎は、神になろうとした。

研究者によると、形上太郎は始原《しげん》の混沌《こんとん》の中心に存在する「一にして全なるもの」を召喚し、その名状しがたい神と合一《ごういつ》して奇蹟を行い、世界を意のままに操るという野望を抱いていたらしい。その奇蹟を実現させる過程で、共同体の規範《きはん》を徐々に厳しくしていった太郎は、マイナスになると判断した信者を粛清《しゅくせい》するようになった。

信者の粛清は、やがて叔父の知るところとなった。後顧《こうこ》の憂《うれ》いがなきよう、太郎は叔父の口を封じることにした。

叔父ばかりではない。その家族も鉈《なた》でメッタ打ちにして殺した。世話になった叔父一家を一人残らず惨殺《ざんさつ》し、頭をたたき割って四肢《しし》を解体したのだ。

教祖を止める者などいなかった。信仰に揺らぎのある者、あるいは、そう疑われた者も情け容赦《ようしゃ》なく殺された。

死体はことごとくはらわたを抜き、立ち木にくくりつけた。眼窩もくり抜いた。無残なむくろが延々とつらなっているさまは、とてもこの世のものとは思えなかったという。

一部の狂信者を引きつれた形上太郎は、近くの小高い丘に登った。

そして、きわめて秘教的な儀式を行ったらしい。

惨劇の丘には、色とりどりのチョークや絵の具で楕円《だえん》や星、さらに目をかたどった図形や奇妙な言語などが遺《のこ》されていた。

教祖はその丘で死んだ。

激しい落雷が形上太郎を直撃したのだ。神の鉄《てっ》槌《つい》のごとき一撃を受けた教祖は、焼けただれた無残な姿で発見された。

ただし、眼窩から飛び出した眼球はどこからも発見されなかった。

＊

読経の声が聞こえる。

安国寺の住職、痣里《あざり》正胤《まさたね》の評判は芳《かんば》しくない。

ごく一部の檀家を例外として寺には近づけまいと恫喝《どうかつ》するさまは、ある種の獣を彷彿《ほうふつ》させた。

その唇が動く。

注意深い者なら、違和感を覚えたかもしれない。

住職が唱えている言葉は、経典《きょうてん》にしてはいささか妙だった。異様な発音をする言葉が折にふれてまじっていた。

低い声は響く。

秘仏が闇の中にたたずむ本堂に、その声は響きつづける。

＊

双生児は死んだ。

だが、ほかにも弟がいた。

形上三郎《さぶろう》と四郎《しろう》だ。

事件のあと、さる施設に預けられていた兄弟は、機を見て脱走した。そして、ヨーロッパに渡り、それぞれべつの道を歩むことになった。

形上三郎は作曲家になり、徐々に頭角を現すようになった。寡作《かさく》ながら質の高い前衛音楽を遺した三郎には、「世の終わりのための音楽」という作品がある。これは禁断の音楽だ。この曲をプログラムに加えたフィンランドの交響楽団の主任指揮者とコンサートマスターは、演奏後、半年以内に自殺した。

三郎の死に方も尋常ではなかった。と言っても、自殺ではなかった。殺されたのだ。

一緒に暮らしていたフランス人女性によって、三郎は殺害された。ナイフでメッタ刺しにされたその死体は、目を覆わんばかりの惨状だった。

こうして、一人だけが残った。

形上四郎、と言っても、首を傾《かし》げる人が多いかもしれない。

しかし、本名の姓と名に一字ずつ加えた禍々《まがまが》しいその名を聞けば、多くの者がひざを打つはずだ。

黒形上赤四郎《くろかたがみせきしろう》。

本業の絵画ばかりでなく、彫刻・映画・演劇・詩・建築など、万能の天才としてさまざまな分野に瞠目《どうもく》すべき仕事を遺した男の人生は、生まれ落ちたときから災厄《さいやく》に彩《いろど》られていた。

四郎を産み落とした母のハナは、錯乱状態に陥って急死した。彼女が何を見てしまったのか、だれにもわからない。

最後に、最も邪悪な者が残った。

黒形上赤四郎がアトリエで起こした事件は、いまだに大いなる謎とされている。

湘南地方の山中に構えたアトリエで、黒形上赤四郎はコロニーのようなものを作っていた。換言《かんげん》すれば、宗教的共同体だ。

一緒に暮らしていたのは、妻の黒形上魔魅子《まみこ》（本名・形上満美子）、黒形上の腹違いの妹の黒形上魑魅《ちみ》（本名・形上知美《ともみ》）、さらに、助手をつとめていた安住真由美《あずみまゆみ》だった。

三人の女は、だれ一人として生き残らなかった。黒形上赤四郎と思われる者によって、女たちは惨殺された。ナイフでメッタ刺しにされたうえ、四肢をバラバラにされた。一説によると、悪魔の看護師として多くの患者を毒殺したとうわさされている妹も惨死を遂げた。

それればかりではない。異能の天才だった黒形上赤四郎は、犠牲者の血をバケツに集め、切断した手足を筆代わりにして絵を描いた。発見されたとき、バケツの中には妹の脚《あし》がぞんざいに突っこまれていたという。

黒形上赤四郎が犠牲者の血を混ぜて描いたのは、赤と黒の渦だった。その「遺作」を正視した捜査員のなかには、精神のバランスを崩したまま旧に復さなかった者もいた。

犯行現場のアトリエは、完全な密室状態だった。三人の女ばかりでなく、黒形上と思われる男の屍《し》体《たい》も残されていた。それもまた無残に損壊《そんかい》されていた。

だが……。

きわめて不可解な状況だった。

黒形上赤四郎の頭部と心臓は、どこからも発見されなかったのだ。

およそありえないことだが、黒形上自身が体を損壊して密室からすり抜け、頭部と心臓を持ち去ったかのようだった。

血の跡は、施錠《せじょう》された窓辺へと点々と続いていた。だれかが黒形上の心臓と首を携《たずさ》え、そこをスーッとすり抜けていったとしか思えない状況だった。

惨劇の舞台には、生存者がただ一人だけ残されていた。

まだ物心のつかない幼児だった。血の海の中に、泣きわめく三歳の男の子が取り残されていたのだ。それは、黒形上赤四郎の遺児だった。

初めは息子を溺愛《できあい》していた異能の芸術家だが、幼児が自作に絵筆でいたずら描きをしたことに激怒し、「失敗作」の烙印《らくいん》を押して邪慳《じゃけん》に扱うようになった。裸で泣いている息子に絵の具を塗り、オブジェにして楽しんでいたのだから人の親ではない。

とにもかくにも、黒形上の遺児は生き残った。

父と息子との宿命の戦いは、惨劇の血の海から始まったのだ。

レベル1

忌まわしきものの記憶

世の初めへと続く黒い水脈《みお》

おれの体内には黒い血が流れている。
世界で、いや、宇宙でおれの血だけが黒いのだ。
この腕を切れば、見かけだけは赤い血が迸《ほとばし》る。
だが、騙《だま》されてはいけない。
おれの本当の血は黒い。

教えてあげようか。
おれは人間ではない。
ほかの人間の祖先をたどれば猿になる。
しかし、おれだけは違う。
おれの祖先は大いなる闇に潜んでいる。

時間も空間も未分化だった世の初めに〈それ〉は生まれた。
〈それ〉としか呼びようのないものから、初めの黒い粘液《ねんえき》が滴《したた》った。

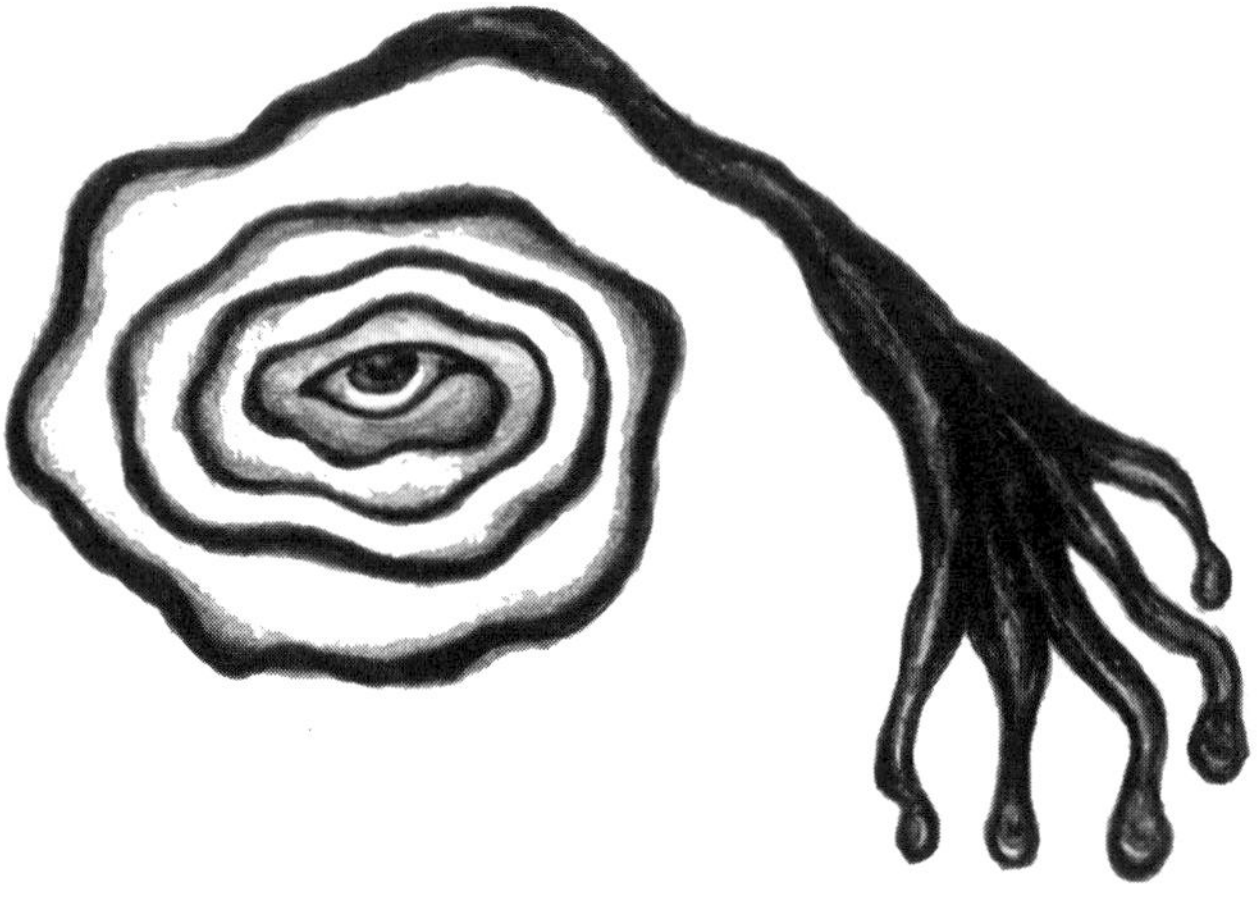

おれの血はその黒いものでできている。

おれはときどき、血の淵源《えんげん》を想う。

世の初めへと続く黒い水脈を遡《さかのぼ》り、忌まわしきものをたぐり寄せれば、この世はどうなるだろうかと想像する。

そして、だれよりも低い声で嗤《わら》うのだ。

『黒形上赤四郎詩集』より

「ママの魔法はスープだけじゃないのね」

美島明《みしまあきら》が言った。

「なんにせよ、食欲が出てきたのは何よりだよ。まだおまえの百分の一くらいだけど」

兄の美島光《ひかる》が答える。

きょうだいを合わせると「光明」になるというネーミングだが、どう見ても妹のほうが男名前だ。

背も高い。こうして並んで歩いていると、どうしても妹から見下ろされるかたちになってしまう。

「百分の一はアバウトすぎない？　せめて十分の一にしてよ」

「そのほうがアバウトだって。影《えい》がこのカレーを小さい皿に一杯どうにか食べているあいだに、おまえは軽く三十杯くらい食べるだろう？」

光はそう言って、カレーのルーが入った鍋を軽く揺らした。


明は度外れた大食家だ。男装の麗人として、昔から女子中学生などからラブレターを渡されたりしている。現在は音大の博士課程に在籍するかたわら、非常任ながら在京の有力オーケストラの指揮者として活躍中で、「美しすぎる指揮者」として週刊誌のグラビアに載ったこともあった。

そんなとりすましたイメージは、明が大口を開けてどんぶり飯をかきこんでいる場面が映し出されれば、たちまち音を立てて崩壊してしまうだろう。それほどまでにすさまじい大食ぶりだった。

「じゃあ、影クンと競争してみるかな？」

「おまえが勝つに決まってるじゃないか」

「そうじゃなくて、影クンの一杯と、わたしの三十杯のどちらが早く完食できるか」

「影はそんなくだらないことには乗ってこないと思うぞ」

「くだらないことが、病んでしまった心を和《やわ》らげたりするんじゃないの」

「そうかなあ」

「そうよ。人生は些事《さじ》から成るの。大交響曲が一つ一つの音符の積み重ねで構成されてるのと同じ」

「話がずれてるぞ」

そんな調子で掛け合っているうちに、目指すマンションに着いた。

その地下室で、一人の青年画家が暮らしている。かつては美島家で暮らしていたのだが、いまはより制作に打ちこめる環境に移り住んでいた。一階が画廊になっている美島家とは、いわゆるスープの冷めない距離だ。

美島画廊は前衛系の美術愛好家なら知らぬ者のない存在で、パトロンめいた人も複数いる。そのなかの一人が、所有するマンションにいざというときのシェルターとして地下室を造った。オーナーはその後、郊外の広壮な邸宅に移住してしまい、地下室は無用の長物と化していた。

その場所を、生きづらいところがある青年画家に提供することにした。影はそこを住居兼アトリエとして使い、制作活動に励んでいる。

影とはきょうだい同然の美島光と明は、合鍵を持っている。専用の扉を開け、地下へ通じる階段を下りる。さらにもう一つ扉を開けると、ようやく画家の部屋の入口だ。

インターホンを押すと、いくらか間を置いて、影の声が響いてきた。

いくらかしゃがれてはいるが、透明感のあるいい声だ。

「はい」

「影クン？　カレーとスープの出前をお持ちしました」

明がおどけて告げると、ロックが解除された。

＊

「もう、ごちそうさま？」

明が猫をあやしながらたずねた。

正式な名は凛《りん》だが、みな「リンリン」という愛称で呼んでいる。長毛種の青猫で、いつのまにかそれなりの歳になった。「小さな看護師さん」として、影とともにこの地下室で暮らしている。

「なんだかママみたいだな」

光が苦笑いを浮かべた。

「ああ……」

影はそう言って、グラスの水を少し飲んだ。

妹とは違って、影は物を食べるシーンより、水を飲む場面のほうがはるかに似合う。

親友の光はかねてよりそう思っている。

十代のころから脚光を浴び、海外にもその名を知られるようになった形上影は、ひそかにこう呼ばれている。

美術調律者。

調律師はピアノを正しく調律し、美しい音色が響くように腐心する。

一方、影が操るのは絵筆だ。指揮者がタクトを動かすように絵筆を動かし、見るも無残に崩壊してしまったこの世界を調律して、美的秩序を回復していく。その筆の運びは、あるいは聖域の修復師のようでもあった。

だが……。

それは影の心身が最も良好なときに限られる。ともすると、繊細《せんさい》な青年画家のほうが調律を必要とされる事態に陥ってしまう。

「個展の依頼が来たそうじゃない、影クン」

ことさらに明るい調子で、明が言った。

父の悪霊と対決したときにおぞましいものを見たショックから、ひとたびは立ち直ったかのように見えた影だが、精神状態にはまだかなり波があった。描きかけの作品を見ても、その余波がうかがわれる。

無理もない。もし自分が影で、おのれの出自があのようなものであると知ったならば、毎晩のように魘《うな》されてやがては精神に変調を来《きた》してしまうかもしれない。

光はそう思う。

「ずいぶん規模の大きな話らしい」

どこか人ごとのように言うと、影は額にふりかかる前髪を指でさっとかきあげた。

長い指だ。指揮者の明によると、ピアニストにもなかなかいない指なのだそうだ。

顔も長いが、あごがほどよくとがっており、長すぎるという印象は受けない。ことに目を引くのは形のいい高い鼻だ。光は神を信じているわけではないが、造物主に愛《め》でられた存在というのはたしかにいると思う。

深い湖のような瞳《ひとみ》にはやや色素が乏しく、抜けるような色白の肌と相まって、日本人離れのした容貌《ようぼう》になっている。海外の美術コンクールでの入選歴も多い影だが、ヨーロッパの街並みによくなじむ。

「もちろん、やるんだろう？　日本の主要な美術館を巡回するそうじゃないか」

父の美島孝からくわしく聞いていた。同じ画家として、うらやましさを通り越してあきれるくらいの待遇の違いだ。

ちなみに、職業欄に画家と記すのは気恥ずかしいので、光は決まって「家事手伝い」と書いている。美島画廊の手伝いをしているから、あながち間違ってはいない。

「巡回展なんてぼくには早すぎる、と断りたいところなんだが……」

影はとがったあごに手をやった。

「引き受けるのね、影クン」

明が言うと、青年画家は黙ってうなずいた。

ずいぶん迷っていたようだが、やっと引き受ける気になったらしい。

「おれだったら二つ返事でＯＫだがな。いくらでも描きます描きますって言って」

「お兄ちゃんは無駄に速すぎるのよ」

妹が一言で切って捨てた。

「悪かったな」

「もっと影クンみたいに、内奥からイメージとフォルムがわいてくるのを待たなきゃ。必然的に寡作になるけど」

明が言うとおり、影の作品は決して多くない。半年をかけてようやく一枚という時もあった。いつもダブルイーゼルで二枚の絵を同時進行しているが、地下室に来て絵が進んでいると光も明もほっとするのが常だった。

いま描いているのは、どちらも抽象画《ちゅうしょうが》のようだった。ただし、具象に変貌《へんぼう》することもあるのが影の絵だから、予断を許さない。

闇の中に冥《くら》い渦《うず》のようなものがある。そのあいまいな中心に、幽かに赤いものが描かれている。目か、切断された脚か、それとも、救いを求める手か。

いずれにしても、それはひどく不吉なたたずまいをしていた。

「ただ……」

影が口を開いた。

未完成の絵のほうをちらりと見てから続ける。

「ぼくのために、巡回展を開くわけではない」

「影のファンのためか。きみのファンは全国にいるからな」

作品ばかりでなく、作者も一部では「神の奇蹟」

と呼ばれているほどのヴィジュアルだ。本人は関知していないが、ネットでは複数のファンサイトが運営されている。

「そうじゃない」

影の声が少しかすれた。

天才の声は甲高《かんだか》いと言われるが、影も例外ではなかった。ただし、金属味を帯びた声ではないから、耳には心地いい。

明がたずねた。

「じゃあ、何のために？」

影はしばらく沈黙していたが、ややあって思い切ったように顔を上げて言った。

「世界、のために」

地下室に、意志のこもった声が響いた。

光と明は顔を見合わせた。

影は瞬《まばた》きをした。まつげが長い二重《ふたえ》の目の奥に光が宿る。

「この世界は、ぼくにとっては呪わしいものでしかなかった。この生きがたき世界でどうにか生きながらえるために、呼吸をするために、ぼくは絵を描いてきた。もし絵筆を握っていなかったら、とうに死んでいただろう」

明がうなずく。

「むかしの影クンの絵は観るのがつらいところがあった。でも、少しずつ世界と親和してきた」

「そのうち、絵筆で世界を調律することもできるようになってきた。黒一色だった世界に光が差してきたんだ」

光も和す。

「しかし、この世界に突き刺さっている棘《とげ》はいまだ抜かれていない。どんな薔薇《ばら》の棘よりも鋭く、邪悪な棘だ」

影の言葉を聞いて、きょうだいはまた顔を見合わせた。

邪悪な棘が何を意味するのか、ただちに察しがついた。

と同時に、影がなぜ「世界のために」巡回展を引き受ける気持ちになったのか、その意図をはっきりと理解することができた。

「呼び寄せるのね？」

明は声を落としてたずねた。

影はゆっくりとうなずいた。

「巡回展なら、あいつは現れるだろうな」

少しおびえた顔で、光は言った。

「きっと、来る」

確信に満ちた表情で、影は言った。

「ぼくは、父と……黒形上赤四郎ともう一度戦わなければならない」

＊

形上影は黒形上赤四郎の遺児だ。

惨劇の血の海の中に、幼い影は取り残されて泣いていた。

その血には、自分の母のものも含まれていた。解体された母のなきがらのかたわらに、幼な子はたった一人取り残されていたのだ。

影の人生最初の記憶は、惨劇の血の海だった。その強烈なトラウマは、のちに折にふれてフラッシュバックし、影の作品に暗い影を落とすことになる。

多方面のジャンルで才能を発揮したが、その作品のことごとくが邪悪な黒一色の天才とも言うべき黒形上赤四郎の遺児は、紆余曲折《うよきょくせつ》を経て美島孝が引き取り、一時期は光・明ときょうだいのように育てられていた。

孝にとっては、これは贖罪《しょくざい》の意味もあった。犠牲者の一人となった黒形上の助手の安住真由美は、孝の婚約者だったのだ。妻のユミにも打ち明けていないこの事実は、孝にとっては人生の痛恨事だった。黒形上のコロニーに入ることを止められず、あたら犠牲にしてしまったのだから。

家族同然に接していた影を、養子に迎えるという選択肢はあった。しかし、そんなある日、美島孝の夢枕に異形の男が立った。

黒形上赤四郎だ。

胸に自分の首を抱いた男の頭部では、本来は胸に潜んでいるはずの心臓が動いていた。通常にはないところに備わっている顔には、何とも言えない笑みが浮かんでいた。

（おまえが何を考えているか、知っているぞ……）

黒形上の表情はそう告げているかのようだった。

悪霊《あくりょう》とも称すべき万能の天才は、決して死んではいなかった。首と心臓だけは惨劇の現場からどうしても発見されなかったとはいえ、普通はそれだけで生きられるはずがない。

だが、黒形上赤四郎にはいっさいの常識が通じなかった。

絵画を中心にありとあらゆる芸術のジャンルに膨大な作品を残した、負のルネッサンスマンと言うべき男は、決して死んだのではなかった。その存在のありようを変えただけだった。そして、より自在に動けるようになったのだ。

あの惨劇を起こすまでは、黒形上赤四郎は生身の人間だった。肉体という確固たる桎梏《しっこく》があった。肉体があれば、当然のことながら老いが生じ、やがては死を迎える。人はみな、抵抗しながらも結局はその運命を受け容れる。

しかし、黒形上は違った。

明らかに確信犯であの惨劇を起こしたのだ。そして、惨劇の舞台から自らの首と心臓を持ち去るという、いまだかつてだれも試みたことのない行為を実行に移し、その存在の態様を変えた。黒形上赤四郎は、人間の肉体という軛《くびき》から逃れ、時空を超越した不死の人となったのだ。

　黒形上は限りなく悪霊に近かった。父も兄も呪われた血筋に生まれた黒形上赤四郎は、人類の歴史上に生まれた恐るべきブラックホールのごとき存在だった。

　その悪霊が、美島孝の夢枕に立った。

　だが、その無言の圧力めいたものに屈したわけではなかった。

（影君は黒形上赤四郎の遺児だ。その血と宿命を背負って生きていかなければならない。その重すぎるものに打ち克《か》てるのは、ほかならぬ影君自身しかいない。だから、形上姓のままでいい）

　孝はそう考え、結局は養子にすることを断念した。

　その代わり、決して強いとは言えない影の心身を慮《おもんばか》り、家族ぐるみでその存在を庇護《ひご》してきた。

　影の体調が悪いときは、ユミが特製のスープなどを作り、きょうだいが地下室まで運ぶ。実質は影も家族の一員のようなものだった。

　存在の態様を変えた黒形上赤四郎は、悪霊にふさわしい跳梁《ちょうりょう》ぶりを見せた。

　肉体を持たなくなった黒形上は、その崇拝《すうはい》者の精神を乗っ取り、実質的に支配して邪悪なプロジェクトを実行に移そうとした。

　黒形上が監督した多くの短篇映画は「観る麻薬」と恐れられたが、ほかのジャンルの作品もことごとくそうだった。ひとたび黒形上の芸術に引きこまれてしまうと、ほかのものでは代用できなくなってしまう。

　黒形上赤四郎は、唯一無二の、一にして全なる存在なのだ。

　兄の形上太郎は全一教のコロニーを作り、あのおぞましい事件を起こした。それは単なる破滅にすぎなかった。

だが、黒形上赤四郎は違った。存在の階梯《かいてい》を上った異形の天才は、見えない扉を自在に抜け、この世界を侵犯《しんぱん》するようになったのだ。

黒形上赤四郎の芸術に接した者は、両極端の反応を示す。それはルーレットにも似ていた。

赤《ルージュ》か、黒《ノワール》か。

崇拝者にとってみれば、黒形上の芸術はまさに陶然《とうぜん》とする麻薬だ。ときには全能感をもたらす。だが、忌避《きひ》者はしばしば精神および肉体に変調を来す。黒形上赤四郎の絵の前で命を絶った者は枚挙《まいきょ》にいとまがなかった。

黒形上の崇拝者のうち、選ばれた者は悪霊に操られ、この世に災いをもたらした。音楽プロデューサーやペンションのオーナーなどの面々だ。

彼らの心身を乗っ取った悪霊は、人間の意識では察知できない呪物を放つなどの恐るべき計画を発動させた。

それを迎え撃ったのが、遺児の影を庇護する「チーム美島」と称すべき者たちだった。影もまた、世に災いをもたらそうとする悪霊の父と戦うことを決意し、彼なりに懸命に戦った。

だが……。

そのたびに壁に跳ね返され、地下室で回復を待つことになった。

いまもそうだった。

初めは風に当たっただけで倒れそうだった影だが、経験を積むにしたがって成長し、使命感も持つようになった。父との戦いにおいても、言葉では互角に論戦を行うまでになった。

最も新しい戦いでは、光と明が目を瞠《みは》るほどの成長ぶりを見せ、悪霊の父をかなり追いつめた。

しかし、最後は絶叫とともに敗北を喫した。

黒形上赤四郎は自らの呪われた出自、すなわち、遺児の影の体内にも流れている血の淵源を示した。

影は、それを見た。

見てしまったのだ。

＊

「じゃあ、ちゃんと物を食べて、体調を整えておかないとね、影クン」

明が言った。

「ああ。新作もそれなりに描かないといけないからね」

影は描きかけのキャンバスを指さした。

「これは抽象画のまま完成するの？」

「わからない。完成するかどうかも、まだわからない」

「絵の声が聞こえるかどうか、まだわからないわけだ」

光の言葉に、影はゆっくりとうなずいた。

一枚完成するたびに、影は絵にサインを入れる。絵の内奥から「これでいい」という声が聞こえなければ、影が自作にわが名を描くことはない。

筆を走らせながら、常人には聞き取ることができない声に耳を澄ます。一日じゅう地下室にこもっていても、ほとんど何も進まないこともある。影の制作活動はもどかしいくらいに捗《はかど》らなかった。

「でも、これは影クンの絵だわ。やっと元に戻ったみたい。前に描いていた絵は恐ろしかったから」

怯えの色が浮かぶ顔つきで、明が言った。

かつて形上太郎が惨劇を起こした丘で、影は悪霊の父と戦った。

格段に成長した影は、黒形上赤四郎を論駁《ろんぱく》とまではいかないまでも、かなり追い詰めることに成功した。

だが……。

最後に恫喝的な映像を見せられ、絶叫を放って昏倒《こんとう》した。

その後遺症《こういしょう》から、いまはようやく回復しつつあるところだった。

見てしまったものをキャンバスに強引に封じこめようとして、ひと頃の影は大作を描いていた。影にしては異様な速さで筆を動かしていた作品は、結局、完成しなかった。影が自ら破棄することに決めたのだ。

「搬出して、焼却されるのを見届けたのはおれだけど」

光はわが胸を指さした。

「あの絵が焼かれて、なんだかほっとしたな」

兄の言葉に、妹は珍しくツッコミを入れなかった。

見てしまったものを、たとえ断片的であったにせよ、絵の中に再現する。それは昇華とは言えないまでも、画家にとってみれば必要な作業だっただろう。

しかし、実際に描かれたのは、影の本来の画風とはほど遠いものだった。

半ば崩壊した眼球のようなもの。花の種子のようにも見えるが、尋常《じんじょう》な花にはなりそうもない。ヒトデのようなものがある。暗色の尖端はすべて腐っている。

黒い無数の点の霧で閉ざされた場所がある。そこに何が隠されているのか、さだかな像が結ばれることはない。

黒と赤の縞《しま》が流れている。その向こうで、不定形な名状しがたいものが蠢いている。

だらりと垂れさがっているのは、切断された舌だ。微細な精虫のごときものがそこにびっしりとまとわりついている。

脚の多い虫が世界を埋めつくしている。数えようという意志を根こそぎ奪い取ってしまう脚の数だ。それらはことごとく、耐え難い腐臭を伴うねばねばした粘液を撒《ま》き散らしている。

頭が裂けた蛸《たこ》のようなものがいる。だが、脚の数は八本どころではない。はるかに多い、多すぎる。見たこともない深海魚がいる。その胴体の随所に口が開き、鋭い歯を覗かせている。

それを見てしまった一瞬の記憶。

その忌まわしきものを、影はキャンバスの中に封じこめようとしたのだろう。

だが、それは影の絵ではなかった。たとえ暗くても、世界が闇に閉ざされていても、幽かな希望の灯りを希求するのが形上影の絵だ。

しかし、その絵は違った。むしろ父の黒形上赤四郎の画風に近かった。悪《あ》しきもの、邪《よこしま》なものを恫喝的に描き、その負のパワーで鑑賞者の精神をねじ曲げ、全的に支配しようとするのが黒形上赤四郎の絵だ。

図らずも悪霊の父に近い絵を描いてしまった影は我に返り、その絵の処分を光に依頼した。よって、影が一瞬だけ見たそれが何だったか、推《お》し量《はか》るよすがはもう残っていない。

「とにかく、巡回展に合わせた作品を描かないとな」

ややあって、光が口を開いた。

「ああ。旧作だけではみっともないから」

影はうっすらと笑みを浮かべた。

「どの美術館を巡回するのか、もう案は出てるのかしら」

明が問う。

「それは、網を張りやすいところのほうがいいから、慎重に決めることになるだろう」

「橋上《はしがみ》さんも当然絡んでくるんだろうね」

と、光。

「そう聞いた」

「チーム美島が総力を結集しないと」

明がタクトを動かすしぐさをする。

「橋上さんが乗り出してくるのなら、チーム美島だけじゃなくて、日本の霊的国防の力の結集だろう」

「そうね」

明がうなずいた。

話に出たのは橋上進太郎《しんたろう》、警察庁の秘密のセクションの長《おさ》というこわもての人物だが、美島画廊の顧客で、幻想芸術の愛好家という一面も持っている。青年画家を庇護しながら、世に災いをもたらす悪霊、黒形上赤四郎と戦うチーム美島の要《かなめ》の一人とも言える重要人物だ。

橋上の率いる警察庁の秘密のセクションが担《にな》っているのは、霊的国防だ。耳慣れない言葉だが、国家のもろもろの計画の霊的な吉兆《きっちょう》をさまざまなデータを駆使《くし》して占い、ひそかに進言する表には出ない仕事に携わっている。

影の悪霊の父・黒形上赤四郎は、彼を崇拝する実力者を操るかたちで、世に災いをもたらそうとした。黒形上の野望は、この世界を完膚《かんぷ》なきまでに蹂躙《じゅうりん》し、おのれにひれ伏せさせたうえで破滅に至らしめることだ。

闇を、もっと闇を。

血を、もっと血を。

異形の天才はこの世界それ自体をキャンバスとし、赤と黒の邪悪な絵の具で塗りつぶそうとしたのだ。

その前に立ちはだかったのが、影を庇護するチーム美島と、橋上進太郎が率いる霊的国防セクションだった。

日本霊学はひそかに命脈を保ってきた。重要な施設などが建設されるとき、設計段階でまず吉凶が占われる。そのために活躍するのが橋上のチームだった。

　メンバーを大別すると、技術者と霊能者に分かれる。技術者は大型コンピュータを駆使し、さまざまな霊的な補助線を引いてシミュレーションを行う。一方、霊能者は現地に赴《おもむ》き、地霊の声を生で聞きながらフィールドワークを行う。

　霊能者の多くは現代の陰陽師《おんみょうじ》のごときものだ。ただし、よほどの場合を除けば正装はせず、通常はジョギングの途中のようなカムフラージュをしていた。

　こうして、縁の下の力持ちのような影の任務に携わっている秘密のセクションだが、ひとたび事あらば前線に立ち、世に災いをもたらそうとする敵と戦う。

　近年では、もちろん黒形上赤四郎が最大の敵だった。

　恐るべき悪霊との攻防戦の過程において、橋上の部隊にも多くの犠牲者が出た。そればかりではない。影の恩師で、チーム美島の要とも言うべき存在だった小坂井《こざかい》祝《はじめ》教授も命を落とした。

　影にとっては、悪霊の父と戦うのは、自分を見い出し庇護してくれた恩師《おんし》の弔《とむら》い合戦でもあった。

＊

「黒形上赤四郎にも弱みがあることは、前の戦いでわかったけど」

　明はそう言って、しばらくひざの上で寝ていたリンリンを床に放した。

「あれは弱みになるのかな？」

　光が首を傾げた。

「それまでは一点の曇《くも》りもない黒一色の壁だったのに、黒形上にも怖いものがあるってことがわかったのは収穫じゃない」

「一点の曇りもない青空、ならよく使うけど」

「だってそうじゃない。どこを切っても黒一色の蠢く壁、こうやってほうぼうから手が伸びてくるの」

明は妙なしぐさをした。

「よせ、気色悪い」

光が払いのける。

きょうだいが掛け合っているあいだ、影は澄んだ目で描きかけの絵を見ていた。ただし、一刻も早く制作に戻りたいという雰囲気ではなかった。

長い付き合いだ。光には親友の心の動きがある程度わかる。

「で、その黒一色の壁に入った亀裂《きれつ》をどう押し広げて、敵に致命傷を与えるかだが……」

光はそう言って座り直した。

「ぼくの家系それ自体が、人類という壁に入った亀裂のようなものだからな」

光のほうを向き、影は答えた。

「たしかに、家系の謎は解かれた。しかし、それは終わりではなく、始まりだろう。このゆがんでしまった世界を正しく調律するための」

「人間ではない、このぼくがか」

青年画家はわが胸を指さした。

「影クンは、人間よ」

明が諭すように言った。

「影クンが人間じゃなかったら、いったいだれが人間なのよ」

「たぶん、きみの家系だけじゃないと思う。父から聞いたところによれば、橋上さんも同じ意見なのだそうだ」

「ぼくの家系だけじゃない？」

影は意外そうな顔つきになった。

「そうだ。秘密のセクションの技術者が総力を結集して調査したところによると、人類の歴史のいたるところに怪しいブラックボックスのようなものが現れているらしい」

「負の特異点のようなものね」

明が言い添える。

「父もブラックボックスのような存在だが」

影が長い脚を組んだ。

「ああ。黒形上赤四郎は、尋常ならざる血筋に生まれたおのれを恃《たの》み、その宇宙的孤独を怒りに変えて、この世界に災いをもたらそうとした。しかし、長いスパンで洋の東西を見れば、そういった存在は黒形上だけじゃないらしい。そのあたりに詳しい学者も招いて、対応策を検討したいというのが橋上さんの考えのようだ」

光が告げると、影はゆっくりと額に手をやった。

「あのとき……父は『世界でたった一人、黒い血が流れている』と言っていたが」

丘での出来事を回想しながら、影は言った。

「違うかもしれない」

と、光。

「もっと超越的な、人智を超えた力がこの世界の裏面に存在していて、黒形上赤四郎を操っているとしたなら……」

秘密のセクションに関わる学者の話によれば、そういう可能性も一概に否定はできないらしい。

「いままで幾人もの精神を乗っ取り、自在に操ってきたあの悪霊が、さらに操られていたと?」

影の目に、そこはかとない怯《おび》えの色が浮かんだ。

「もちろん、推論の一つにすぎないんだが……」

光はそこまで言うと、妹の顔を見た。

今日、影のマンションの地下室を訪れた目的は、栄養のつくものを差し入れることが第一だが、青年画家の精神状態によっては切り出してみようと打ち合わせておいた事柄があった。

「前に黒形上と対決したときのことは、もちろん映像などには残っていないわね。だから、知恵を貸そうとしている学者さんには判断材料が乏しいのよ」

明がそう切り出すと、頭の回転の速い影はただちに呑みこんだ。

「あの丘での出来事を再現して伝えるわけか」

「そう。わたしたちもあの場にいたから、補足や肉付けはできるはず」

「きみの了解が得られたら、記録に残しておこうと思う」

光は録音機能のある端末機器を取り出した。

「……わかった」

小考のあと、影はうなずいた。

その後しばらく、三人による回想作業が続いた。

明は長大な交響曲でもすべて暗譜《あんぷ》でタクトを振る。影と光の記憶があいまいなところを補いながら、作業は進んでいった。

そして、ひとまず完成した。

おぞましいシナリオのごときものができた。

＊

影が父の悪霊・黒形上赤四郎と戦ったのは、一全教の惨劇が起きた丘だった。

いつしか時空は歪《ゆが》み、黒形上赤四郎の長兄にして一全教の教祖だった形上太郎が現れていた。

ただし、もう死んでいた。

雷に打たれ、全身黒焦げになっていた。目はどこにも見当たらない。眼窩とぼろぼろになった口が大きく開いていた。いまにも断末魔《だんまつま》の悲鳴を放ちそうな死に顔だ。

丘に至る道も屍体だらけだった。粛清された一全教の信者たちのむくろが、樹木にぞんざいに突き刺されたり縛り付けられたりしていた。

目をくり抜かれ、はらわたをえぐられ、首を斬《き》り落とされ、鼻や耳を殺《そ》がれ、目を覆《おお》わんばかりに損壊されて死んでいた。

そんな死者の群れに満ちた丘で、影は悪霊と対決した。

黒形上赤四郎［以下、悪霊］「おれの兄、形上太郎が死んだ晩、丘で起きた出来事を、おまえは知っているか。鏡のごとき月に宿ったものを知っているか」

影「おまえの兄は、何を見たんだ？」

悪霊「見てはならないものだ。おのれの正体が何であるか、兄はその目で見てしまった。そのせいで、あのような末路を遂げたのだ。兄はただ見ただけではない。おのれこそが一にして全なる者だと信じこんでいた一全教の教祖は、その見てはならないものすら屈服させようとした。おのれの世界の配下に置き、玉座《ぎょくざ》に君臨《くんりん》しようと試みたのだ。それゆえに、怒りを買った。雷鳴が轟《とどろ》き、形上太郎は黒焦《こ》げになって死んだ」

影「おまえは、見たのか」

悪霊「見た」

影「何を見た」

悪霊「おまえも見る。おれとおまえには、同じ血が流れているからだ」

影「ぼくは断《た》ち切る。自分の血だけで生きる。おまえから受け継《つ》いだ血は拒絶する。悪しきものは継がない」

悪霊「最後の真実を見た瞬間、世界が凍った」

影「世界が凍ったただと？」

悪霊「そうだ。だが、それと同時に、怒りの炎がおれの存在の芯《しん》に宿った。教えてやろう。おれがなぜありとあらゆるものを憎むようになったか」

影「ああ、教えてくれ」

悪霊「おれという存在が何者で、どこから来たのか。その淵源は何か。おれは知ってしまった。呪われた光景を見てしまったのだ」

このとき、絶対の自信を持つ、揺るぎなき黒い一枚板のごとき存在だった黒形上赤四郎の声に、注目すべき変容が起きた。

初めて現れたもの――それは、おそれだった。

悪霊はさらに続けた。

悪霊「あの瞬間、世界は凍った。同時に、怒りの炎がおれの存在の芯に宿ったのだ」

影「恐ろしいものを見たのか」

悪霊「そうだ。三人の兄も、恐らくは父も母も見ただろう。われわれはそういう血筋なのだ。黒い家系の淵源をたどれば、われわれは人間ではない。おまえもそうだ」

影「人間ではない？」

禁断の知識が開示された。

その知識を授けたのは、影の父親の悪霊だった。

なおも悪霊は語った。

悪霊「おれの体には、あらゆる色を混ぜて濁《にご》らせたような黒い血が流れている。血族《けつぞく》はみな倒れた。この世にたった一人、おれだけが黒い血とともに生きている。そんな宇宙的孤独を、おれは怒りに変えた。この世のありとあらゆるものを呪い、睥睨《へいげい》してやろうと思い立ったのだ。このおれが、〈おのれ〉というものだけが世界だ。そのほかのものは、おれによって嘲笑《ちょうしょう》され、破壊される対象でしかない。無知なる人間どもには、おれのような黒い血が流れていない。蚯蚓《みみず》が這いずったようなおぞましい家系図を持っていない。ただその一点で断罪される。おれではないものどもは、世界でたった一人しか存在しないおれによって、心ゆくまで蹂躙されるのだ」

形上一族は次々に倒れていった。彫刻家の形上次郎は、黒い血の淵源にあるものを造形することによってねじ伏せようとし、発狂して死んだ。

作曲家の形上三郎は、「世の彼方からの旋律」という音楽のなかにおぞましいものを封印しようとした。

そして、一全教の教祖だった形上太郎は、信者たちを惨殺した末に雷に打たれて黒焦げになった。

悪霊はそのおぞましい屍体を指さして続けた。

悪霊「一全教の教祖は、神になろうとした。この世のありとあらゆるものの根源にある、一にして全なるものになろうとしたのだ。その結果が……」

影「おまえは、神ではないのか」

悪霊「限りなく神に近い」

影「しかし、神ではないのだろう？　なぜ神になろうとしないのだ」

悪霊「神になろうとした教祖は死んだ。人間にはやってはならないことがある。たった一つだけある」

影「おまえは人間ではないのだろう？　存在のステージを超えたのだろう？　ならば、神にもなれるはずだ」

悪霊「通常の神ならなれる。いや、すでになっている。あらゆるものの上位に、このおれは君臨している。おれは色を、形を、音を、言葉を、そして、人を操る。おれにできないことはない。おれこそが、おれだけが万能の芸術家だ。おれ以外のものは、おれではないというその一点において、おれに従属する」

「それなら、形上太郎がその地位を奪おうとした神にもなれるはずだ。従属させることもできるはずだ」

影

それまでは息子をまさに子供扱いし、歯牙《しが》にもかけなかった悪霊が、このとき初めて動揺を見せた。

しかし、それはほんの束《つか》の間《ま》だった。

「ならば、おまえの目で見てみろ」

哄笑《こうしょう》のあと、黒形上赤四郎はそう言い放った。

「おまえの出自は、あれだ。あれを見てから、おれに向かってものを言え。鏡のごとき月に宿ったものを見よ」

悪霊は月を指さした。

だが、黒形上自身はその方向を絶対に見ようとはしなかった。

「見ろ！　あれがおまえの正体だ。われわれの呪われた血の淵源だ」

悪霊はひときわ高い声で命じた。

「見ろ！」

父の声に応えて、影はゆっくりと顔を上げた。

そして、見た。

見てしまった。

鏡のような月に映し出された、見てはならないものを……。

次の瞬間、絶叫が放たれた。

目をいっぱいに見開き、影はあお向けに倒れていった。

＊

それから曲がりなりにもここまで回復した。

地下室にあるのは、忌まわしきものがとりとめなく描かれた例の絵ではない。未完成だが、まぎれもない影の絵だった。

「……これでいいだろう」

光がうなずき、録音を止めた。

「十分ね」

明がタクトを下ろすしぐさをする。

影がふっと一つ息を吐いた。

「じゃあ、打ち合わせの日程が決まったら、また連絡する」

光が言った。

「巡回展の候補になる場所も、そのときにはたぶんわかると思うわ」

明が笑みを浮かべた。

「わかった。少しでも制作を進めておこう」

以前と同じ青年画家の目で、そして、まぎれもない人間の顔で、影は答えた。

レベル2

世の初めから隠されている扉

出現

たとえば、角度だ。
限りなく直角に近いが違う、秘教的な角度がある。
それがやつらの標識になる。

たとえば、色だ。
限りなく黒に近いが違う、微妙な色がある。
やつらはそれに紛れる。

たとえば、形だ。
限りなく円に近いが違う、どこかが切れた形がある。
やつらはそこから現れる。

ひとたび現れたら、むろん終わりだ。
救いは、ない。

『黒形上赤四郎詩集』より

美島画廊は積み木のようなビルの一階にある。

一階が画廊、二階がオフィス、その上がリビングや寝室などの居住空間だ。

銀座の画廊めぐりコースの終点として紹介されることが多いから、この場末《ばすえ》のビルに足を運ぶ者は少なくない。しかし、そういった客は、たいてい眉をひそめるか腑《ふ》に落ちないような顔つきになって去っていく。

無理もない。美島画廊で取り扱っているのは、古風に言えば異端芸術ばかりだった。

前衛絵画や怪奇幻想芸術、アンフォルメルにアウトサイダーアート、反リアリズムの絵画のメッカとして、美島画廊はつとに知られていた。その方面に志のある若い芸術家にとっては、美島画廊で個展を開くことは一つのステイタスとなっていた。

その美島ビルのリビングの椅子が、今日はすべて埋まっていた。画廊は休業日だ。関係者のほかは入れない。

「形上影の展覧会なら開きたいが、万一、黒形上赤四郎に目をつけられたら困ると考えるのは当然かもしれません」

画廊主の美島孝が言った。

「その懸念《けねん》はもっともです。場所を提供することによって、思わぬ迷惑をこうむることにもなりかねませんから」

慎重な口調で述べたのは橋上進太郎、警察庁の秘密のセクションで霊的国防を担当する男だ。今日はかねてより顧客になっている美島画廊に出向いてきた。

これから作戦会議だが、肝心の影がいない。これはよくあることだ。制作に没頭すると、時間の概念などどこかへ吹っ飛んでしまう。

明は地方の交響楽団に客演するため、昨日から遠征旅行に出ている。やむなく光が地下室へ呼びに行ったところだった。むろん、電話くらいはあるが、制作中の影はいっさい出ない。

「まあ、そのなかで平原《ひらはら》市立美術館が手を挙げてくださったのはありがたいことですね」

孝がそう言って資料を示した。

平原市は湘南地方の中核都市の一つで、東京からの交通の便もいい。その芸術文教地区には、美術館ばかりでなく博物館や図書館、それに球場・競技場・温水プール・体育館などを擁《よう》する総合公園があった。

「平原市立美術館なら、いままでに石田徹也《いしだてつや》展などを開催していますから実績は十分だし、美術ファンにもなじみが深いです」

橋上がもう一人の来訪者に向かって言った。

霊的国防の長とともに画廊を訪れたのは、三ケ《みか》木儀一郎《ぎぎいちろう》。さる神道《しんとう》系の大学で教鞭《きょうべん》を執《と》っている学者で、橋上のブレーンの一人だった。

「それでしたら、いわゆるハコとして申し分がないですね」

三ケ木教授は穏やかな声で言った。

二階のオフィスから美島ユミが上がってきて、バスケットをテーブルの上に置いた。手製のクッキーだ。

すでに紅茶は出ている。美島家ではおなじみのアールグレイだ。

「お口に合いますかしら」

元歌手らしい声で、ユミは言った。

「焼きたてですか。おいしそうですね」

三ケ木教授が笑みを浮かべる。

「黒糖を入れてみました」

「いい香りがしています。……あ、それはそうと、わたくし、カラオケでは『アネモネの花』が持ち歌でして、『川沿いの道』のレコードも持ってるんですよ」

「まあ、あんな売れなかった曲まで」

美島ユミの顔に喜色が浮かんだ。

「何かの機会にサインを頂戴《ちょうだい》できればと」

「それはお安いご用です。サインするなんて何年ぶりかしら」

「書類にサインすることは毎日だけどね」

夫の孝が言った。

美島画廊の事務を一手に引き受けているユミは元歌手だ。「アネモネの花」が大ヒットして紅白歌合戦にも出場したことがある。ある程度の年輩の者なら、「一発屋」と聞いて名を思い浮かべることの多い歌手だ。

いま三ヶ木教授が名を出した「川沿いの道」は二番煎じのような曲だったが、さほど売れず、ユミは若くして孝と結婚して引退した。娘の美島明が若手女性指揮者として脚光を浴びはじめたこともあり、ときどき「あの人はいま」のような取材の申し込みがある。

「さて、話を戻しますか」

橋上がそう言ったから、ひとたびやわらいだ空気が再び張りつめた。

「もちろん、こちらのほうは伏せていく方針ですね？」

三ヶ木教授がテーブルに載っていたものを指さした。

今日の打ち合わせのために、さまざまな資料が用意されていた。ブックフォームになっているものもある。教授が示したのは、そのなかの一冊だった。

『黒形上赤四郎画集』

黒形上の異常な絵画ばかり集めた作品集で、いまではプレミアが付いている。

版元は美島画廊。かつては蜜月時代があり、世に受け入れられない天才のパトロンだった孝が出版したものだった。

そのほかに、黒形上赤四郎の崇拝者が出版した詩集や、回顧展の図録、それに私家版の箴言《しんげん》集などの資料が置かれていた。

存在のステージを超えた黒形上赤四郎は、その芸術の崇拝者の精神を蝕《むしば》み、ついには肉体まで乗っ取ってしまう。その結果、さまざまな刊行物がひそかに流通することになった。

「形上影君が黒形上赤四郎の遺児であることはマスコミでも報道されましたし、インターネットでは日々刻々、さまざまな言説が生成されています。その事実を伏せたところで、かえって不自然かもしれません」

橋上は言った。

「では、そっけない一行の記述だけで済ませてしまうのはどうでしょう」

孝が提案した。

「ああ、それはいいかもしれません。黒形上赤四郎は人間の自我を極限まで肥大させて怪物化した、きわめて特異な存在です。そのようなかたちで挑発すれば、必ずや影君の展覧会の会場に姿を現すでしょう」

「なるほど……問題は、その黒い怪魚とも言うべき存在をどうやって網にかけるかですね」

教授が腕組みをした。

「そのためには、黒形上赤四郎が恐れているものの力を使うしかないかもしれません」

橋上の眉間に、一瞬、深いしわが浮かんだ。

「毒をもって毒を制す、ということですか」

半ば独りごちるように、孝が言った。

「しかし、これは猛毒ですから」

三ヶ木教授は、美島ユミと話をしているときとはうって変わった顔つきで指さした。

その先には、黒ずんだ背の古い書物があった。

背に記《しる》された文字は、かろうじてこう読み取ることができた。

一全教真伝

＊

形上太郎が組織し、多くの信者を破滅に導いた邪教・一全教。

その教典となっていたのが『一全教真伝』だ。印刷された書物ではない。教祖の形上太郎の直筆《じきひつ》によるものだった。

洗脳の一環として、形上太郎は教典を書写させた。それでも、十冊は残っていないだろう。その貴重な一冊を、三ヶ木教授は所有していた。

教授の専門は宗教学だが、ことに秘教とカルト関係に詳しい。大冊《たいさつ》『世の初めから隠されている神』は地味ながら権威ある賞を受賞している。

「この教典は判読不能の箇所も多く、謎の集積のようなテキストになっています」

三ヶ木教授が言った。

「なるほど。これを印刷物にしようという試みはいままでになかったんでしょうか」

孝がたずねた。

「ありました」

教授の顔がゆがんだ。

「ほかならぬわたくしのゼミの有志でやろうとしたんですが、思わぬ結果になってしまいましてね」

三ヶ木教授はつらそうにいきさつを語った。

教典を印刷するためには、まず活字による原稿を作成しなければならない。テキストのコピーをじっとにらみ、手書きの文字を解読しながらノートパソコンに打ちこんでいく根気を要する仕事だ。

Hさんは進んで手を挙げ、この作業に取りかかった。明るい性格の女子大学院生で、頭脳明晰《めいせき》できわめて優秀だった。

だが……。

作業を初めて半月後に、Hさんは帰らぬ人となった。

「ねぎを買い忘れたから、もう一度スーパーへ行ってくる」

実家から大学に通っていたHさんは、母にそう言い残して家を出た。

スーパーは踏切の向こうにあった。帰路、Hさんはねぎを手にしたまま電車に飛びこんで死んだ。笑っていた、と複数の者が証言した。

Hさんは甲高い声で最後に言葉を発した。

「天刑理《てんけいり》、理《り》……」

それは教典に記されていた言葉だった。

Hさんの死体は無惨に損壊していた。その顔は修復不能で、葬儀でも棺《ひつぎ》は封印《ふういん》されたままだった。

「わたくしのせいで、と思うと、いまでも慚愧《ざんき》に堪えません。もちろん、プロジェクトはそこで中止になりました」

沈痛な面持ちで、三ヶ木教授は語った。

「そうでしたか。では、研究のほうも……」

孝も気の毒そうに言った。

「それは細々と続けています。もう一冊、コピーしたものがありますので、橋上さんのセクションでも解読に当たっていただくことになりました」

「迂遠《うえん》なようですが、黒形上赤四郎の息の根を止めるためにも、この教典の解読が不可欠ではないかと思われるのです」

橋上は慎重に言葉を選びながら言った。

「素人がうかつに開くと、何か災いでも起こりそうですね」

少しおびえた顔つきで、孝が言った。

「開くだけで災いは起きないでしょうが、早くも体調を崩した者が出ました。あまり根を詰めて解読に当たらせるのは得策ではないようです」

橋上は渋い顔つきになった。

「たしかに、夢見《ゆめみ》は格段に悪くなりますね」

三ヶ木教授も和す。

「『一全教真伝』に記されているのは文章ばかりではありません。えたいの知れない記号や図形、それにイラストめいたものも多数収録されています。その配列にあまりにもとりとめがないので、神経を侵《おか》されるような気分にときどきなります。で、その図形やイラストなのですが……」

教授は邪教の経典を手に取り、やおら本題に入った。

「ご承知のとおり、黒形上赤四郎はジャンルをクロスオーバーし、黒一色の芸術を展開してきた悪魔的芸術家ですが、全芸術に繰り返し登場する通奏低音のようなイメージがいくつもあります」

「『赤い球体』『黒い楕円』『白い四角形』といったものですね」

孝が指を折りながら答えた。

「そうです。いま挙げていただいたもののほかにもありますが、宗教心理学者のカール・グスタフ・ユングの提唱した元型に近い存在です。そういったさまざまな形は、兄の形上太郎のカルト教団の経典にも登場します。赤四郎が兄から学んだわけではなく、どうやら二人は同じ源泉から水を飲んだと考えるほうが自然のようです」

三ヶ木教授はそう指摘した。

「そういった元型めいたイメージは、恐ろしい呪縛力を発揮してきました」

橋上が語る。

「黒形上が撒き散らした呪物に精神を蚕食《さんしょく》される

と、この世界にふわりと覆いかぶせられた図形爆弾とも称すべきものがいともたやすく爆発し、鑑賞者を破滅に導いてしまうのです。たとえば、『赤い球体』という図形爆弾が炸裂した場合は、赤信号の意味が不意にわからなくなり、交差点で致命的な事故を起こしたりしました」

霊的国防の長は過去形で語った。

「地雷、という認識もありましたね」

と、孝。

「ええ。『黒い楕円』の場合は、文章を区切る句点など、まったく何の変哲もない、この世界に普通に遍在しているものが呪物化しました。鑑賞者の精神を崩壊に至らしめる地雷は、恐ろしいことに、日常の中にごく平然と撒き散らされていたのです」

橋上の眉間に、一瞬、深いしわが刻まれた。

「呪物としての『白い四角形』の働きは、かなり特異です」

三ヶ木教授は経典を開きかけてやめ、説明を続けた。

「黒形上赤四郎はおぞましいものを描き、その上から『白い四角形』を塗って封印しました。しかし、ただの壁や白紙などに見えるそれは、装置のごときものです。秘法に基づいた呪いが発動すると、『白い四角形』の裏面に世界の彼方に潜《ひそ》む根源的なものが憑依《ひょうい》し、表層に相対した者の精神を破壊に導いていきます。ひとたびそうなってしまうと、もう助かる道はありません」

「入口はただの白い壁や白紙などだったのに、ふと気づいたときにはもう致命的なダメージを蒙《こうむ》っているわけですね」

孝が顔をしかめた。

「そうです。白い四角形の裏面にあたかも影絵のごとくに現れる『世界の彼方に潜む根源的なもの』、それは一全教の名のいわれにもなった神でした」

三ヶ木教授は、そこでようやく経典を開いた。

そして、いくぶん声を落とし、神の名を告げた。

「一にして全であり、全にして一であるもの」

＊

「根幹となるその神は、『一全教真伝』においてさまざまなかたちで紹介され、記号や図版も多数掲載されています。しかしながら、詳述されればされるほど、本質から遠ざかっていくかのような印象を受けるのです」

三ヶ木教授は身ぶりをまじえて語った。

「さらに言えば、その神は世界中の他の宗教やもろもろの伝説などにも影を落としています。言ってみれば、蠢く黒い多角形のごときものを、人類はいろいろな角度から折にふれて描写してきたのです。ただし、その一つ一つは拙劣《せつれつ》な断片に過ぎず、それらをたとえ総合しても、さだかなる像は結ばれません」

「蠢く黒い多角形とは言い得て妙ですね。まるで黒形上赤四郎のようです」

孝が『黒形上赤四郎画集』を指さした。

「その黒形上赤四郎は、影君に向かって、形上家の血筋は人間ではなく、邪なる神であると告げました。荒唐無稽《こうとうむけい》な主張のようですが、その一族の死を鑑《かんが》みると、あながちうなずけないことでもありません。一全教の教祖だった形上太郎も、自らの目を鑿で突いて悶死《もんし》した形上次郎も、禁断の音楽を生み出した形上三郎も、ひいては、謎の狂死を遂げた父の形上一統と母のハナも、『見てはならないもの』を見たり、『知ってはならないこと』を知ったりしてしまったがゆえに破滅を迎えたのです」

三ヶ木教授の声がいくぶんしゃがれた。

「過去は過去として……」

橋上が座り直して続けた。

「現代の悪霊とも言うべき黒形上赤四郎との攻防戦は、いままさに進行中の最重要課題です」

「たしかに」

教授がうなずく。

「黒形上の言を引けば『存在のステージを超えた』悪霊にも、畏怖《いふ》の対象となるものがある。恐れているものがある。それがほかならぬ血の淵源である『一にして全なるもの』なのではないかというところまでは、言わば手持ちのカードとしてわれわれは把握しています。問題は、そのカードをいつ、いかにして切るかなのですが」

橋上はそう言って孝の顔を見た。

「その好機が影君の展覧会というわけですね？」

画廊主はすぐさま答えた。

「一にして全なるものを召喚し、黒形上赤四郎と戦わせることができれば、悪霊を退治することも可能でしょう。ある意味では、黒形上は一にして全なるものの崇高なる地位を簒奪《さんだつ》する反逆者のようなものですから」

と、橋上。

「そういうことができるとすれば、美術調律者とも呼ばれる形上影君しかいないでしょうね」

三ヶ木教授がそう言ったとき、噂をすれば影と言うべきか、階段のほうから足音が聞こえた。

ややあって、光とともに影が姿を現した。

＊

三ヶ木教授と二人は初対面になる。しばらくは当たり障《さわ》りのない会話が続いた。

もっとも、しゃべっているのはもっぱら光のほうだった。影はあごに手をやり、色素に乏しい目でときおりあらぬほうを見ていた。制作に半ば心を奪われているときによく見せるしぐさだ。

「ところで、もう一つお耳に入れておくべきことがあります」

機を見て橋上が切り出した。

「安国寺といえば形上家の菩提寺で、古くはダークネスの暗黒寺とも呼ばれていた存在です。その寺に、形上次郎が制作した門外不出の秘仏が収められています。千手観音のようでそうではない奇怪な像は、かつて一度だけ開帳されましたが、すぐさま封印されてしまいました」

「その像を見た者が精神に変調を来したりしたんですよね」

光が眉間に少ししわを寄せて言う。

「そればかりではありません。秘仏を盗み撮りした男は無残な死を遂げました。形上次郎が造った像は、明らかに呪物なのです。で、その世に災いをもたらすものが……」

「ひょっとしてまた公開されるとか？」

孝が驚いたようにたずねた。

「そのとおりです」

橋上が告げると、影のまなざしがそこはかとなく変わった。

「安国寺の住職の痣里正胤はずいぶんと癖のある人物で、檀家以外の人間を邪魔者扱いするため、地元ではひどく嫌われています。そんな男が、たった三日間ではありますが、秘仏を公開すると発表したのです」

「何のためにです？」

光がたずねた。

「名目は何もありません。『この暗黒なる世界を照らす救いの光をもたらす、名づけえぬ神の像』を三日間に限って特別公開する、とのみ告知されていました」

「寺の前に貼り紙でも出たんでしょうか」

「いえ。安国寺にはホームページがあるんです。動画も駆使したなかなかに本格的なものですが、一部では『見てはいけないサイト』にカテゴライズされています」

「『見てはいけないサイト』ですか」

三ヶ木教授がいくらか身を乗り出した。

「そうです。さまざまなキーワード検索で引っかかるように仕組んであるらしく、無名の寺なのにかなりのヒット数があるようなのですが、安国寺のサイトを見たがゆえに恐ろしい悪夢を見たり、心臓発作を起こして急死したりする例が多いのだそうです。どこまで信を置いていいのかわからない情報ですが」

橋上がそう告げると、場に何とも言えない空気が漂った。

「もう一つ、住職の痣里正胤に関しては、お伝えしておくべき情報があります」

ちらりと影のほうを見てから、橋上は続けた。

「二年ほど前から、痣里正胤は美術関係のネットオークションにいくたびも登場しています。と言っても、狙っているのは仏画や仏像のたぐいではありません。彼が落札したのは、すべて黒形上赤四郎の作品でした」

「父の作品を」

影が口を開いた。

「そうです。今回の彫刻公開と何か連動しているのかどうかは分明ではありませんが、かなりの点数を収集しています」

「また黒形上に操られている可能性もあるな」

孝が腕組みをした。

「どうする？　影。彫刻を観に行くか？」

光が問うと、影は眉間《みけん》に長い人差し指を当ててしばらく考えていた。

「罠、かもしれない」

ややあって、青年画家はようやく言葉を発した。

「罠？」

と、光。

「ああ。ぼくの展覧会を大きな会場で開けば、悪霊の父が必ずや姿を現す。そこで何らかの策を練って対決するというのが、こちらが構想したプロットだった。言ってみれば、最も効果的な罠を仕掛けるわけだ」

「なるほど。その罠を向こうが先に仕掛けてきたわけか」

「画廊主さんも示唆《しさ》されましたが、住職が精神を乗っ取られているとすれば、黒形上がシナリオを書いている可能性もあります」

橋上が冷静な口調で言った。

「敵の城で戦うのは剣呑《けんのん》かもしれませんね。まずは様子を見たほうがいいでしょう」

三ヶ木教授の言葉に、とくに反論はなかった。影もあえて観に行くとは言わなかった。そもそも、展覧会の日程が決まったのに新作の制作がまだ進んでいない。まずはそちらのほうが優先だった。

「では、彫刻のほうはこちらの部下を派遣しましょう。同時に、今後も情報収集を続けます」

橋上がそうまとめた。

だが、会談はそこで終わらなかった。本日のメインとなる企画が残されていた。

黒形上赤四郎の膨大《ぼうだい》な作品群は、いまだ全貌が明らかになっていない。先日もさるコレクターの遺品から、黒形上が脚本・監督・美術・音楽・主演のすべてをつとめた短篇映画が発見された。

「観る麻薬」と呼ばれる黒形上の映画は異常な作品が目白押しだが、ことにその映画は常軌を逸した内容だということだった。さらに、一にして全であり、全であり一であるものがちらりと登場しているらしい。

美島画廊には古い八ミリフィルムを上映する設備が整っている。影の調子によっては見合わせる予定だったのだが、「大丈夫です。観させてください」というしっかりした言葉が返ってきた。

「では、上映することにしましょう」

橋上が言った。

「映画のタイトルは？」

三ヶ木教授が問う。

ひと呼吸置いて、霊的国防の責任者は低い声で答えた。

「『世の初めから隠されている扉』」

＊

（ナレーション） 世の初めから隠されている扉が開く。それはおまえの背後での出来事だ。

振り向き、音もなく開いた扉の向こうを見たら、もういけない。

おまえは見てしまう。

深い闇に潜む、その姿を……。

眼球売りの男、風に揺れる赤い吊り橋で女とすれ違う。

男「どこかでお目にかかりましたね」

女「はい。見てはならない夢の中で」

男「では、目を頂戴します」

悲鳴。

画面の中央からゆっくりと近づく先が尖ったオブジェ。

目をくり抜かれた女の屍体が仰向けに倒れ、蛆《うじ》まみれになる。

暗転。

闇の中にシルエットがおぼろげに浮かぶ。

千手観音のようだが、違う。手の形がどれもいびつだ。

そもそも、手ではないのかもしれない。手に似た何かなのかもしれない。

（ナレーション）角度がある。一にして全なるもの、全にして一なるものがおまえを見つめる角度がある。そのまなざしを背後に感じて振り向いても、おまえは見ることができない。人間の目に、それは見えない。

全力疾走《しっそう》する武者。襲ってくる男のうなり声。

刀が一閃《いっせん》し、首が宙《ちゅう》に舞う。

血。蚯蚓だらけの首。えぐり取られている眼球。

牧歌的な光景。海が見える湘南の丘。

脚が一本ずつ足りない純白の椅子に、二人の男が座っている。

兄「おれは神になろうとした。一にして全なるもの、全にして一なるものになろうとしたのだ」

弟「ぼくは見た。見てしまった。そして……」

両目をえぐられた兄弟の屍体が椅子から滑《すべ》り落ちる。風の中から歌が聞こえる。

ひどく調子の外れた女の声がひとしきり響き、太陽がひび割れ、都会の雑踏の中に道化《どうけ》が現れる。

道化「眼球売りが来るぞ。黒い服を着た眼球売りが通るぞ。現実も夢も自在に通り抜ける眼球売りが来るぞ。眼球売りを見たら、目を盗られるぞ」

道化の顔からも眼球が盗まれている。

暗転。

どこにでもある夜道を、傘を差して歩いている男。その靴音が高く響く。

（ナレーション）世の初めから隠されている扉は、どこにでも開く。非日常は、何の前ぶれもなく流入する。このまことしやかな現実は、ある角度から闇なるもののまなざしが注がれることによって、いともたやすく崩壊する。

雨が不意に変容し、傘に蛆・蜈蚣《むかで》・蚯蚓・蛇《へび》・ゴキブリ等が無数に注がれる。

「ちょっと失礼」

三ヶ木教授が蒼《あお》い顔で立ち上がった。

初めのうちは腕組みをして観ていたのだが、どうやら教授の予測と許容範囲を超える内容だったらしい。

「無理をなさらないでください」

孝が声をかけたが、教授は返事をしなかった。

胃に手をやり、洗面所へ急ぐ。

結局、映画が終わるまで、教授は戻ってこなかった。

（ナレーション）世の初めから隠されている扉は、かつて一度も開いたことがない。ひとたび開いてしまったら、終わりだ。

終わりだ、終わりだという声が幾重にも重なって響く。

目も鼻もないつるつるした顔の群衆が「終わりだ」「終わりだ」と記されたプラカードを持ってデモ行進を行っている。

その喧噪《けんそう》が不意に途切れ、群衆が次々に折り重なって倒れて炎上する。

暗転。

闇の中に渦が見える。

黒い渦が流れていく。

（ナレーション）世の初めから隠されている扉の向こうから流入するものは、やがておまえの内部にも触手を伸ばしてくる。その不可視の触手を認識することはできない。

　魅入られたら、それで終わりなのだ。

再び、終わりだ、終わりだと熱に浮かされたような喧噪が高まり、いびつな千手観音のごときものが揺れながら崩れ、画面は暗黒に閉ざされる。

「いやあ……」

光が真っ先に声を発した。

「黒形上らしい映画だね」

孝が苦笑を浮かべた。

「ごく少数のコレクターは、こういった『観る麻薬』を吸引し、少しずつ精神を蝕まれていくようです」

橋上が言った。

「影はどう思った」

光は友にたずねた。

青年画家の顔つきに変化はなかった。何も動揺していないことは、そのまなざしを見れば一目瞭《いつもくりょう》然《ぜん》だった。

「父らしい、いつものこけおどしだ」

若き美術調律者は、一言で斬って捨てた。

シーンⅠ

造ってはならないもの

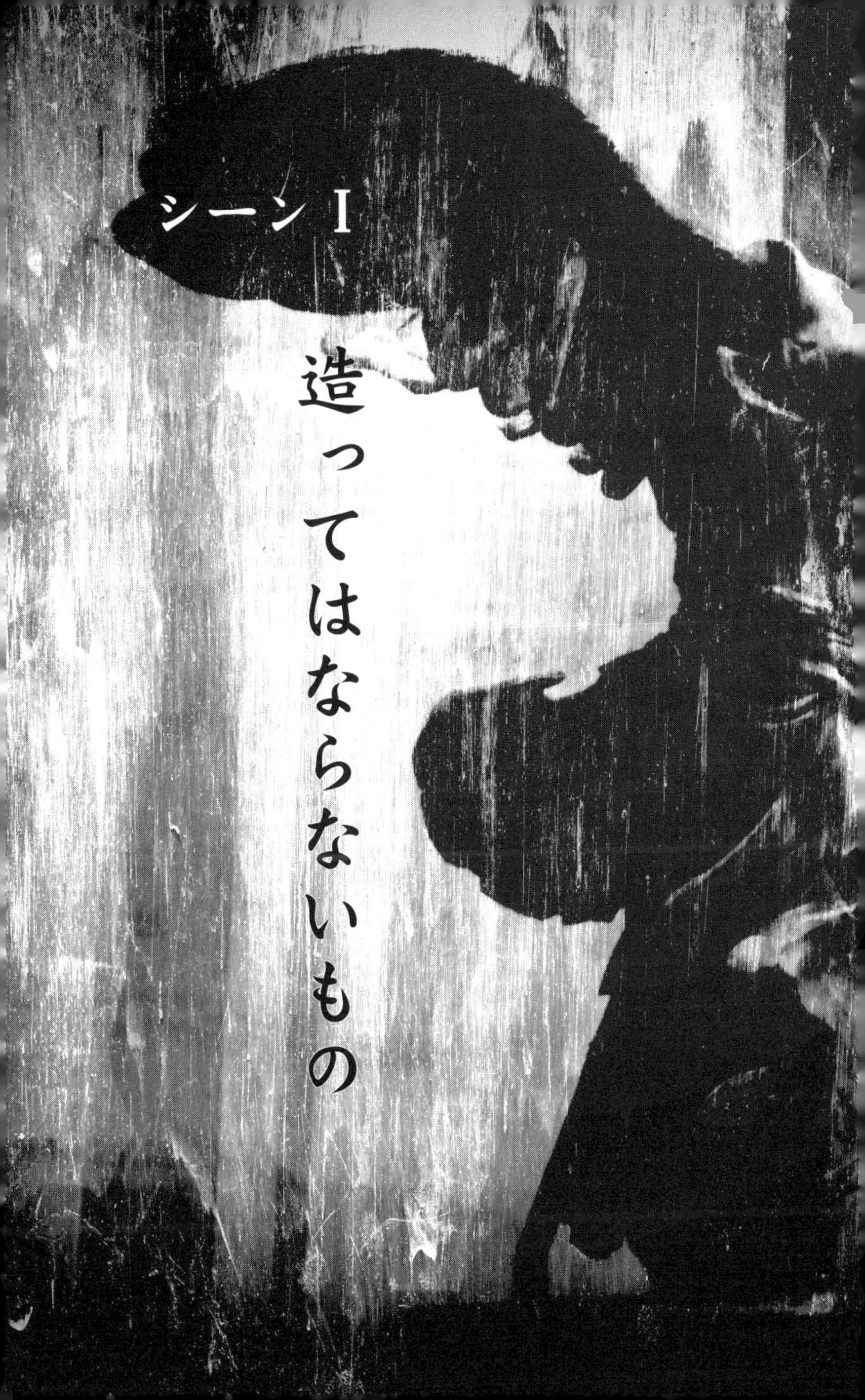

知恵を喰《くら》うもの

それは見ることができない。
触ることもできない。
感じることもできない。
それはありとあらゆる人間の知恵と五感を
喰ってしまうからだ。

だが、恐れることはない。
ひとたびそれに喰われてしまえば、もう戦《おのの》く
ことはない。
おまえはもう人間ではないのだから。
存在の根に至るまで、しゃぶりつくされてし
まうのだから。

『黒形上赤四郎詩集』より

形上次郎は憑かれた目を瞠った。

たったいま、おのれの手で完成させた……完成させてしまった像を、両眼をいっぱいに見開いて凝視《ぎょうし》した。

それは、悪夢だった。

明確な形があり、手で触れることができる悪夢だ。

しばらく不眠不休で、憑かれたように鑿を動かしてきた。夢かうつつか、それすらさだかではなかった。

頭の芯が、いや、脳全体が痺《しび》れたようになっていた。鑿をふるい、仏像を造っていたのは間違いなくおのれだ。この作業場には、形上次郎しかいない。ずっと動かしてきた手も激しく痛んでいる。

だが、この仏像を造ったのは、おのれであっておのれではないような気がしてならなかった。


背後にだれかが立っている。

鏡の助けを得なければ、人はうしろを見ることはできない。やにわに振り向いても、うしろはまたその背後に移動する。いくたび振り向いても、うしろそれ自体を消去することはできない。

その根源的なうしろに、ぽつんと一つ、扉がある。

深い闇の中に、それはおぼろげに浮かんでいる。

扉を開ければ、また扉がある。開けても開けても扉がある。

形上次郎は身を震わせた。

まもなく最後の扉が開く。最後にして最初の扉が開いてしまう。世の初めから隠されている扉だ。

その扉の向こうで蠢くものが、いつしか頭に取り憑いて離れなくなってしまった。なぜかはわからない。

いや、半ばはわかっていた。父も母も尋常な死に方をしなかった。形上家はそういう家系なのだ。

血の淵源をたどれば、恐ろしいものに逢着《ほうちゃく》する。その祖先とも言うべきおぞましい存在が、次郎の頭の中に棲みついて離れなくなった。醒《さ》めているときも、だしぬけにその存在が意識される。

ココニ、イルゾ。

ココカラ、ミテイルゾ……。

恐ろしいものは、ひそかに脳髄《のうずい》の芯からささやくのだ。

輾転反側《てんてんはんそく》の時を経て、ようやく眠りが訪れても、それは安らぎの時間ではなかった。檻《おり》から解き放たれたものは、夢の中で跳梁し、次郎をひたすらに責めた。

救いはどこにもなかった。ひとたび魅入られてしまったら最後、その主体が崩壊するまで解放されることはない。

次郎は最後の賭けに出た。頭の中に棲みついてしまったものを造形し、自らの芸術の内部に封印してしまうのだ。

そういった明確な意志に基づいて、次郎は鑿を握った。

造形が終わり、像が完成すれば、内なるおぞましいものは姿を消す。そのフォルムの中に封印される。

堅くそう信じ、彫刻家は一心に鑿を動かした。

額からは脂汗が流れ、目は落ちくぼみ、ほおはこけた。悪鬼のごとき形相になって、次郎は制作に打ちこんだ。

そしていま、作業は終わった。

目に見える悪夢が、次郎の前に立ち現われていた。

仏像という名目で造ったものだ。たしかに、一見すると、千手観音に似ていなくもなかった。

だが、似て非なるものだった。この世を平らかにしようとする仏像とは、まったく対極に位置していた。

すべてがおぞましかった。

形も、色も、木の臭いすらおぞましかった。

像を造り終えても、おぞましいものは封印されなかった。傲然《ごうぜん》とそこに存在していた。

次郎は震えた。

その細胞の隅々までが戦慄《せんりつ》していた。

像を造ったのは間違いだった。形を持つことによって、この像はおぞましいものの憑代《よりしろ》となってしまった。

いままで隠されていたもの、世の初めから扉を堅く閉ざし、封印されつづけていたものが、造形されることによって召喚されてしまう。

致命的な誤りだった。

この像を造ってはいけなかったのだ……。

遅まきながらそう悟った彫刻家は、像を破壊しようとした。

これは造ってはならないものだった。この手で傷つけ、処分してしまわなければ。

世に災いがもたらされる前に。おぞましいものが召喚されるまでに。

だが……。

遅かった。彫刻家の決断は、あまりにも遅かった。

鑿で傷つけ、作者自らその存在を否定すれば、これは憑代ではなくなる。恐るべきものが世の果てから一瞬で飛来し、そこに宿って災いをもたらすことはない。

そう考えた形上次郎は、鑿の先を木像に突き立てようとした。渾身《こんしん》の力をこめて、一撃を加えようとした。

しかし、鑿は虚空《こくう》で止まった。

木像を傷つける寸前で止まった。そこから先へは、まったく動こうとしなかった。
それればかりではなかった。次郎はある力を感じた。
自らの意志に逆らう力だ。彫刻家は両目をいっぱいに見開いた。
鑿の尖端は鋭くとがっていた。
その鈍い光を放つ部分が、不意に逆を向いた。
先端がくっきりと見えた。
「やめろ……」
どこへともなく、次郎は言った。
彫刻のすべての細部が蠢いていた。蠢きながら笑っていた。
次郎は必死に抗《あらが》った。
わが手に宿ってしまった力をどうにかして殺《そ》ごうとした。
だが、その試みは虚《むな》しかった。
崩壊はだしぬけに訪れた。
鋭い鑿の先は、彫刻家の無防備な顔面を突き刺した
堰《せき》が切れた。
正気をなくしてしまった彫刻家は、次々に鑿を自らの顔に突き立てた。
そして最後に、ひときわ大きな鑿が眼球を深々と貫いた。
「うわあああああああっ！」
絶叫が放たれた。
その声は長く続かなかった。鑿の先は眼窩を突き破り、脳髄にまで達していた。
目から血を流し、彫刻家は死んだ。
そのむくろを、千手観音に似た像は冷然と見下ろしていた。

レベル3

黒い存在の涙

時は流れず

時は流れない。
ただ滞《とどこお》っているだけだ。
この世界の形態は、間違っても進化ではない。
逆だ。
愚かな、無限に愚かな人類の群れが、駆逐《くちく》したと思っているものは、
いまなお虎視《こし》眈々《たんたん》と失地回復の機会を狙っている。
見える。
そのまなざしが見える。
いま読んだ句点の中の空白に、部屋の隅の影になっている場所に、
道に転がっている小石の裏に、何の変哲もない信号機の上に、
それは潜んでいる。
やがて、時は本当に流れだすだろう。

黒い濁流がありとあらゆるものを呑みこむだろう。
見える。
その流れに呑まれた、無数の手が見える。

『黒形上赤四郎詩集』より

救急車のサイレンが近づいてきた。

光はミラーを確認し、少し眉をしかめた。

「事故だな」

軽自動車のハンドルを操りながら、光は言った。

「午前中もその先で事故があったみたいね」

助手席の明が指さした。

バイパスの片側で湘南の海が光っている。これからドライブにでも行くような雰囲気だが、今日はそんな軽い目的ではなかった。

ひと口に湘南地方と言っても、なかなかに広い。顔と言うべき海だけではなく、険しい山もある。秘境とまでは呼べないまでも、人が住んでいない土地もあった。

そんな忘れられたような場所に、安国寺があった。一全教の惨劇があった丘に程近いところにある、形上家の菩提寺だ。

今日から三日間、形上次郎作の木像が公開される。かつて公開されたときはすぐさま災いが起こり、以来、門外不出の秘仏とされてきた像だ。美島光と明も、これから寺に向かうことになっている。

「どうも嫌な予感がするな。痣里っていう住職が何を考えてるのか、手の内が読めないから」

光が軽く首をかしげた。

「ホームページによると、開山二千年に合わせた特別公開らしいけど」

「その開山二千年もいいかげんなものじゃないか。日本人ともかぎらない、正体不明の人物が開祖だし」

「無明暗神《むみょうあんじん》っていう名前らしいけど、お坊さんの名前にしては変だよね」

「二千年前なんだから、そもそも仏教は渡来してない」

「あっ、そうか。なら、何教？」

明が問う。

「それがわからないんだ。ホームページにも書かれていない」

「黒形上赤四郎の紹介ならくわしく記されてるのに」

「最近、とみに黒形上関係のコンテンツを増やしたらしいな」

「絵だけじゃなくて、映画もいろいろ観られるようになったし、詩や箴言などのテキストも充実してる」

「間違いなく、黒形上の崇拝者だな」

光がそう言ったとき、またサイレンが聞こえた。

バイパスの出口が来た。光はハンドルを右に切って一般道へ向かった。

「救急車ね」

切迫したアナウンスを耳にして、明が言った。

「あいつじゃなきゃいいけどな」

「ヨシアキ君は大丈夫だと思うよ。運転、上手そうだったし」

ヨシアキ君とは、安倍美明《あべよしあき》のことだ。霊的国防を担当する橋上進太郎のセクションに所属する青年で、髪を明るい茶色に染めた軽そうな雰囲気の若者だが、実は現代の陰陽師の一人だった。

カラオケ好きの新米サラリーマンといった感じだが、家系をたどれば、かの高名な安倍晴明《あべのせいめい》にたどり着く。陰陽師は家業のようなものだが、その霊力はキャップの橋上のお墨付きだった。

「それにしても、正装の衣冠束帯《いかんそくたい》とは思わなかったけど、まさかあんな恰好で現れるとはなあ」

光はあきれたように言った。

「でも、一理あるわよ。駐車場は遠いし、自転車のほうが小回りも利くし」

「たしかに」

現代の陰陽師はロードバイクで現れた。上下ともにピチピチのウエアに、ヘルメットにグローブというういでたちだ。風を感じながら走れば、霊的な流れもキャッチできるらしい。バイパスは通れないから、下の近道を進むと言って颯爽《さっそう》と漕《こ》ぎ出していった。

しばらく下道を進んだが、信号待ちと渋滞があってなかなか前へ進まなかった。ようやく抜け、安国寺のほうへ向かう道に入ったとき、路肩《ろかた》で手を振っている若者の姿が見えた。安倍美明だ。

「なんだ、あいつのほうが速かったのかよ」

「そりゃ、高いロードバイクだから」

話によると、パッソーニという最高級のチタンバイクで、フレームだけで百万するらしい。家業として陰陽師をやっている男は、かなりの資産家のようだった。

「賭けをやったらよかったですね」

凝《こ》ったヘルメット姿の安倍美明が言った。

「ここから上りだぞ」

後方を確認してから車を路肩に停め、光が声をかけた。

「平気ですよ。ヒルクライムは得意なんで」

「サイレンが聞こえてたけど」

助手席から明が言う。

「玉突《たまつ》き衝突《しょうとつ》みたいですね。幸い、関係なかったです。じゃ、バイクで追いかけますんで」

とても陰陽師には見えない若者は、そう言って軽く右手を挙げた。

＊

しばらく立ち漕ぎで追走してきたが、ほどなくロードバイクが見えなくなった。

光と明の車は県道から脇道《わきみち》に入った。

「もっと車が通ってるかと思ったら、そうでもないのね」

いわね」

明が意外そうに言う。

「そりゃそうさ。いくら秘仏の御開帳だと言っても、知る人ぞ知る存在だし、興味はあっても災いが起きるかもしれないんだから」

「押すな押すなの騒ぎになったら変ね。こないだプロデュースして振ったブラガ＝サントスの交響曲シリーズみたい」

明はポルトガルの作曲家の名前を出した。遅れてきたロマン派のような作風で、一般受けもする名曲ぞろいだということで力を入れていたのだが、知名度のなさはいかんともしがたく、どうも空振りに終わってしまったらしい。

「おっ、上から車が来たな」

光はスピードを落とした。

上るにつれて、道はだんだん細くなってきた。すれ違うにも神経を遣うほどの道幅だ。

「なんだか、運転してた人の顔が引き攣《つ》ってたよ」

目ざとく観察していた明が言った。

「熊本ナンバーだったな。わざわざこのために来たんだろうか」

「そうでしょう。ネットで予告されてたんだから、日本じゅうのその筋の好事家が安国寺に集まってくると思うわ」

「日本じゅうのその筋の好事家って、何人くらいだ？」

光がたずねる。

「そうねえ……百人くらいかしら」

明は真顔で答えた。

「まあ、たくさん来られたら、車を停めるところがないからな」

光はさらにスピードを落とした。

この先に人が住んでいるとは思えないような雰囲気になってきた。この景色を見たら、だれも湘南地方とは思うまい。

「バスも通ってないし」

と、明。

「最寄《もよ》りのバス停から、優に一時間は歩くだろう」

「でも、せっかく客を呼ぶんだから、お寺の駐車場を使わせてくれればいいのに」

明はひざの上に置いたノートパソコンに目をやった。開かれているのは、もちろん安国寺のホームページだ。

「まったくだよ。惨劇の丘に停めろって言うんだから」

光は苦笑した。

秘仏の御開帳に訪れた客の駐車場は、檀家とはべつの場所に設定されていた。かつて形上太郎が一全教の惨劇を起こした丘の入口に当たる。

「一全教の惨劇だけじゃないの、このあたりは。中世に集落があって、炭をつくりながら寄り添うように暮らしていたんだけど、謎の大量殺人があって村ごと消失してしまったらしいよ」

「ふーん、杉沢村《すぎさわむら》みたいだな」

光は伝説の村の名を出した。かつて東北の草深い場所にあり、大量殺人によって消え失せたとまことしやかに伝えられている村だ。

「都会からのアクセスがいいからトレイルランニングをしにくる人も多かったみたいだけど、最近はめっきり減ったとか」

「崖から転落したとか？」

光は眉間にしわを寄せた。

「そんなんじゃないの。入ってはいけない道に足を踏み入れちゃったらしくて、精神が完全に崩壊していたんだとか」

「…………」

「で、そういう例が重ねて起きたから、警告が広まるようになったのよ。『あの丘には近づくな』って」

明は行く手を指さした。

「近づくな、って言ったって、もう後戻りはできないぞ」

上からまた一台、車が下りてきた。

今度も湘南ナンバーではなかった。すれ違うとき、ちらりとドライバーの目を見た。

初老の男の目には、後悔とそこはかとない恐怖の色が浮かんでいた。

＊

「やっと最後に追いつきましたね」

安倍美明が笑顔で言った。

「結構、脚力があるのね」

「そりゃ陰陽師ですから」

「陰陽師は体力が要るのか？」

光はけげんそうな顔つきになった。

「もちろんです。今日だって怪しいバリアを薙《な》ぎ払いながら上ってきたんですから」

「怪しいバリア？」

「そうです。端的に言えば、このあたりは『悪い場所』ですからね」

現代の陰陽師は声をひそめた。

高価なチタンバイクの盗難が心配だからと、後部座席のシートを動かして乗せた。それから一同は、舗装もされていない道を安国寺のほうへ向かった。

分かれ道のところに警備員が立っていた。

「ご苦労さまです」

明が声をかけたが、顔色の悪い男はわずかに会《え》釈《しゃく》をしただけだった。

その後は影の近況の話をしながら歩いた。

影は今日の御開帳に同行したいという希望を述べていたのだが、周りが必死に止めた。

展覧会が控えているし、まだ出展作品も揃っていない。よって、地下室で制作に集中させることにした。

「同じ芸術家として、秘仏をその目で観たいっていう影クンの気持ちはよくわかるんだけど」

明はいくらかあいまいな顔つきになった。

「形上次郎は影の伯父に当たるんだしな」

「あ、そうか」

「自らの手で鑿を眼球に突き刺して死んだんだから、尋常な死に方じゃない。そんな何かに魅入られてしまった芸術家がつくった呪われた木像だ。影の調子がおかしくなったりしたら、展覧会に網を張って黒形上赤四郎の悪霊と戦うという計画も崩壊してしまう」

「ぼくらが網を張っても、黒形上さんは来てくれませんからね」

安倍美明は近所のおじさんみたいな調子で呼んだ。

「もし来たら勝てるのかい？」

「いやあ、そりゃちょっと厳しいです」

ヘルメットをかぶったままの青年は答えた。

ロードバイク専用のシューズは歩きにくそうだが、カバーを取り付けているから山道でもなんとか進めるらしい。

「うちの家系も人間扱いされなかったりしますが、黒形上赤四郎は洒落にならないですから」

いままで軽い調子だった青年の顔が引き締まった。

これから観る秘仏は、もちろん撮影禁止だ。実際に目で見て、影にその印象を伝えるしかない。

だが、秘仏のフォルムばかりでなく、霊的なプラスアルファを伝えられるかどうか、光と明だけでは心もとない。そこで、橋上と三ヶ木教授の意見も聞いて、安倍美明が同行することになったのだった。

「実際に変なものが出たら、頼りになるのはきみだけだからな」

光が持ち上げる。

「へーい」

相変わらずの調子で、ヘルメット姿の陰陽師は答えた。

車から目立つようにという配慮だろうが、赤を基調としたサイクルウエアには髑髏や十字架などがむやみにあしらわれている。どちらかと言うと、信を置けないエクソシストといった趣だ。

ようやく山門に着いた。

秘仏公開中

そっけない立て看板が出ている。住職の字なのかどうか、どことなくバランスが悪く、落ち着かない気分になる墨の文字だ。

順路に従い、本堂へ進む。

「こちらで履物《はきもの》をお脱ぎください」

見習いの僧が手で靴箱を示した。

真っ先に脱いで上がったのは明だった。ヒールなどを履《は》いたらバレーボールの選手と間違われるほどの長身だから、いつも平底のパンプスを履いている。男装の麗人らしく、上から下まで黒ずくめだ。

「ようこそのお参りで」

光沢《こうたく》のある紫衣《しえ》をまとった僧が、ざらざらした声で言った。

これが住職の痣里正胤だろう。あとで明が「前科十五犯くらい」とたわむれに言ったが、刺すような目つきをした悪相だった。

「こちらに記帳を願います」

と、猫足の床几に載せられていたものを指さす。

「はい」

光がまず筆ペンを執った。

先に来た者の住所を見ると、三重県のいなべ市や兵庫県の宍粟《しそう》市など、全国各地から人が訪れていた。三人の次にも参拝者が来た。怪死した形上次郎が造った秘仏だ。美術ファンもオカルト愛好者も、インターネットから情報を知り、不便さをいとわず足を運んできたらしい。

住所と名前ばかりでなく、職業まで記す欄があった。光はいつものように「家事手伝い」、明は包み隠さず「指揮者」と書いた。安倍美明はどうするかと思いきや、「公務員」と記したので拍子抜けがした。たしかに、橋上のセクションに所属しているのだから公務員に違いない。

「では、持ち物は置いておき、なるたけ身一つでお入りください。秘仏は胎内めぐりになっていますので」

住職はいくらか見下すような目で告げた。

「胎内めぐりと言うと、清水寺の随求堂《ずいぐどう》みたいなものですか」

光はかつて訪れたことがある場所を引き合いに出した。

「そうです。暗黒の中を下っていただきます。左手で縄をつかんで進めば、迷うことはありません」

不安をかきたてるような声で、痣里正胤は告げた。

「その途中に、秘仏があるわけですね？」

明が問うた。

癖のありそうな住職は無言でうなずいた。

清水寺の随求堂の胎内めぐりでは、闇に目が慣れたころ、おぼろげに梵字《ぼんじ》が浮かび上がる。お堂の下を大随求菩薩《だいずいぐぼさつ》の胎内に見立てた胎内めぐりだ。菩薩を象徴する梵字が刻まれた随求石を見て深く祈り、暗闇の中をたどって再びお堂の上に戻ってくるという、死と再生の秘儀に似たものを手軽に体験することができる。

だが……。

安国寺、いや、暗黒寺の胎内めぐりで待ち受けているのは、ありがたい梵字ではない。

作者が自らの目を鑿で突いて死に、かつて一度だけ公開されたときも変事が起きたいわくつきの秘仏なのだ。

「では、こちらに。一度に六人さまでお願いします」

見習いの僧がうながした。

「行くしかないですね」

陰陽師がヘルメットを脱いだ。

光と明がうなずく。

ほどなく、三人の行く手を闇が閉ざした。

＊

「うわ、暗い」

明が思わず声を発した。

前を歩く二人は、ありがたい仏様だと勘違いして訪れたような雰囲気の老夫婦だった。そのあとを、光、明、安倍美明の順に進む。あと一人は、オカルトおたく臭が漂う若者だった。

「ちゃんと縄をつかんでれば大丈夫だ」

光が小声で言った。

「でも、この縄、ちょっと湿ってるよ。ねちゃっとする。腐ってるんじゃない？」

不安そうな声が返ってきた。

「……感じますね」

うしろの安倍美明の声も違って聞こえた。いつもより明らかに低い。

「何を？」

光は短く問うた。

「……いや」

現代の陰陽師は言葉を呑みこんだ。

そのせいで、闇の深さがなおさら恐ろしく感じられてきた。黒い壁のようなものが、つい目の前で蠢いている。そこにびっしりと虫が張りつき、多すぎる足をバラバラの向きに動かしている。

唐突に浮かんだそんなイメージを振り払うことができない。

「まだ？」

明が前を進む兄に声をかけた。

「順番だから」

光は焦《じ》れたように答えた。

前の老夫婦の歩みがひどくのろかった。途中で怖気づいたのか、なかなか進んでくれない。

「音が聞こえるわ。……ひどい不協和音」

絶対音感の持ち主の明は、オーケストラのリハーサルで楽器が半音外しただけで、あとで指摘することができる。音の粒を磨き抜いていくタイプの指揮者としてチェリビダッケとジョージ・セルを尊敬している明の耳には、ほかの者には聞こえない耐えがたい不協和音が届いているようだった。

「そう言えば……いや、なんでもない」

今度は光が言葉を呑みこんだ。

形上次郎のすぐ下の弟の三郎は作曲家だった。パリで女に刺殺された形上三郎は呪われた音楽を創った。「世の終わりのための音楽」を演奏した北欧の交響楽団には次々に変事が起きたという。

かつて、その音楽を聴いたことがある。その後半月ほど耳について離れなくなってしまったおぞましい音階が、いまこの闇の中でだしぬけに甦ってきた。

何かが蠢いている。

これはただの闇ではない。

奥行きがある。この闇は、世の初めの混沌とひそかに通底しているのだ。

「ひっ……」

短い声がもれた。

声を発したのは明か、それとも老婦人か。

緊張が耐えがたいほど高まるなか、だしぬけに闇が揺らぎ、そのかたちが現れた。

秘仏だ。

闇の諧調《かいちょう》が変わり、ほんの少しだけ薄くなった。その薄闇のただなかに、むやみに手の多い巨大な木彫が鎮座していた。

顔はない。

あらかじめ殺ぎ取られたかのように、顔は欠落していた。

にもかかわらず、顔に似たものが見えた。彫られた木の手の部分の陰で、無数の顔が歪んでいた。

恐怖に引き攣った顔、あまりの恐ろしさに発狂した顔、認識の容量を超えたために壊れてしまった顔……。

叫ぶ顔、哀願する顔、怒号を浴びせる顔……。

ありとあらゆる顔、顔、顔が、木彫の裏の闇で蠢き、犇《ひし》めき、生成と明滅を繰り返していた。

光も明も悟った。

これは断じて仏ではない。世を平らかにするために表されたものではない。

逆だ。

世を滅ぼすために、この世に終わりをもたらすために、この像は造形されたのだ。

寺の胎内に安置されていたのは、ある種の憑代だった。

表現してはならない角度がある。秘教的な組み合わせがある。その集積が、いま目の前に現出している巨大なオブジェだった。

一にして全であり、全にして一であるもの……。

世の初めから隠されている扉のすきまから、ひと目見ただけで発狂するような恐ろしいまなざしで人類をじっと見据えているもの……。

そのフォルムが、形上次郎の木彫ではたしかに表現されていた。

奇蹟が、ここにあった。

あるいは、悪夢。

醒めてもなおまとわりつく、見てはならないおぞましい夢……。


ドン、と鈍い音が響いた。

光はうしろを見たが、異変が起きたのはそちらではなかった。

「おい、どうした」

ほどなく、切迫した声が響いた。

老夫婦の妻のほうが倒れたのだ。

「しっかりしろ」

助け起こそうとしたが、光がない。

「だれか、助けてください！　急病です！」

明が叫ぶ。

だが、返事はなかった。アナウンスは響かない。

「ちょっとどいてくれ。ぼくが戻る」

最後尾の青年にひと声かけると、安倍美明が入口のほうへ戻っていった。

懐中電灯の灯りが近づいてくるまで、不安な時が流れた。忌《い》まれた木彫だけが、闇の中で凝然《ぎょうぜん》としていた。

遅ればせに現れたのは、住職ではなかった。見習いの僧だった。

倒れている者の顔を、懐中電灯の灯りが照らした。

だれもが息を呑んだ。

老婦人の両目はいっぱいに見開かれていた。もう息がないことはひと目で分かった。

その死に顔には、恐怖の色がべっとりと塗りこめられていた。

＊

「結局、あれを観たのは三十人くらいかな。おれたちを含めて」

光が胸を指さした。

「どうも、あれ以来、調子が悪くて。音の粒が輝かないの」

明が眉を曇らせた。

ここは美島画廊のリビング――。

例の一件があったあと、さっそくチーム美島の会議が開かれた。美島家の人々ばかりではない。橋上進太郎と三ヶ木教授もいる。

「秘仏の公開はすぐさま中止になったため、安国寺に抗議をした者もずいぶんいたようです」

冷静な口調で告げると、橋上は紅茶のカップをソーサーの上に置いた。カチリ、と乾いた音が響く。

「当日に続けて起きた事故の件はどうでしょう」

三ヶ木教授がたずねた。

「少なくとも二件は、安国寺の帰りに事故を起こしたことが確認されています。どちらも死亡事故でした。ブレーキ痕がなく、逆に衝突間際《まぎわ》にスピードを上げたところまで状況が酷似《こくじ》していました」

橋上の説明を聞いて、光がため息をもらした。

「運転を代わってもらったくらいだものね、お兄ちゃん」

明が言う。

「そんなことがあったの？」

パウンドケーキを運んできたユミがたずねた。

「ああ。どうもあの触手みたいな像の残像が振払えなくて、事故が怖いから安倍クンに代わってもらった」

「その安倍も二日寝込んだくらいですから」

橋上が告げた。

「大変だったんですね」

ユミは眉根を寄せた。

焼きたてのケーキを取り分けると、ユミは下のオフィスに退《さ》がっていった。一同はさらに話を続けた。

「表向きは謹慎の意を表して、ホームページも閉鎖したようですね、安国寺は」

孝が言った。

「表向きだけですよ。黒形上の特集ページは、匿名の一ファンを装って再開し、さらに内容を濃くしています」

橋上がそう明かした。

「反省してないわね」

と、明。

「URLは分かります？　出してみましょう」

孝がモニターを指さした。旧型のiMacで、「アイちゃん」といういささか曲《きょく》のない愛称で呼ばれている。まだけなげに動くので、美島画廊のリビングの一角を占めていた。

「黒形上赤四郎で検索すると、わりと上位でヒットします。そればかりか、匿名《とくめい》掲示板などに頻繁《ひんぱん》にURLを貼り、誘導しようと試みているようです。住職が自らやっているのか、見習いの僧にやらせているのかどうかは分かりませんが」

「姑息《こそく》なことをしてるなあ」

光があきれたように言った。

影は今日も地下室にこもって制作を続けている。展覧会の日程が決まり、ポスターやパンフレットなどが着々とできてきた。肝心の新作も徐々に完成してきたが、壁画の大作がまだほとんど進んでいなかった。

これは搬出入が不可能な大きさで、展覧会のあとも平原市立美術館に常設展示されることになっている。そのうち、美術館に常駐して作業をする予定だ。ことによると、黒形上赤四郎の悪霊はそこに現れるかもしれない。そのあたりの打ち合わせも、今日の会議のテーマだった。

壁画は脚立《きゃたつ》ばかりでなく、ゴンドラなども使われることになっている。目玉展示だから失敗は許されない。影はかなりのプレッシャーを感じている様子だった。

「ほんとですね。すぐ出てきた」

孝が苦笑いを浮かべた。

「プロバイダーなどを調べたところ、運営しているのは間違いなく痣里正胤です。そもそも、安国寺が所有している絵が何枚も載っていますから」

橋上が言った。

「たとえば、どんな絵でしょう」

「そうですね……ギャラリー4にはことに不吉な絵が集められているのですが、『トーチャー』という絵を出してみてください」

「『トーチャー』って拷問《ごうもん》ね」

孝が操作しているあいだに、明が独りごちた。

「『父ちゃん』だったらお笑いだぞ」

「でも、黒形上の『父ちゃん』って、なんだかおぞましそう」

「目のない『父ちゃん』だったりしそうだな」

きょうだいが掛け合っているうちに、モニターに絵が現れた。

「うわ」

明が思わず声をあげた。

タイトルどおり、拷問シーンが描かれている。だが、すべてが終わっていた。拷問の果てに眼球をえぐられ、逆さ吊りにされて脳天に穴を開けられた者や、皮膚を剥《は》がれた者などが悶死し、その屍体が累々《るいるい》と積み重ねられている。

生きているのは、台車でむくろを運んでいる男だけだった。一度見たら忘れられない笑みを浮かべているのは、ほかならぬ黒形上赤四郎だった。

「『ありふれた世界の中心』もそうです」

重厚な黒い手帳を見ながら、橋上が告げる。

孝が次の絵をクリックした。

「ちっともありふれてないわ」

げんなりした顔で明が言った。

雑踏を鳥瞰《ちょうかん》して描いた絵だが、人々の脳天にはことごとく穴が穿《うが》たれ、脳味噌の中身がはみ出していた。いままさにドリルでえぐられている者もいる。それでも人々は、血と脳漿《のうしょう》を飛び散らせながら、平然と商談などを行っているのだった。

「次は、『這いうねる帯のごときもの』」

その絵の画風はまったく違うものだった。

具象も抽象も何でもこなす黒形上だが、一見するとその絵は抽象画に見えた。銀色のグラデーション、まさしく「這いうねる帯のごときもの」がすさまじい速さで闇の中を流れている。

ただそれだけの光景が、なぜこんなにも不安をもたらすのか、理由は右上に小さく描かれたものでわかる。

それは、地球だった。人類の母なる星が、黙殺される路傍《ろぼう》の小石ほどの大きさでぞんざいに描かれているのだ。

「画家の立ち位置は虚空にあるんだな」

光がそう分析した。

「少なくとも地球にはないようです」

三ヶ木教授があごに手をやった。

「これは形上さんには見せたくない絵なのですが……」

橋上がそう前置きしてから紹介したのは「漬物《つけもの》屋の四季」だった。

こちらは吐き気がするほどリアリスティックに暗い漬物屋の日常が描きこまれている。日夜の性交によって次々に生まれたぶよぶよした子供たちはただちに首を絞《し》められ、漬物の樽の中に入れられる。

樽からは助けを求める手が覗《のぞ》いている。むろん、助けは来ない。漬物屋のあるじは黒形上赤四郎なのだから。

「たしかに、影に似た子供もいるな」

光は顔をしかめた。

「眉をひそめたりするのは、画家の思う壺なんだろうけど」

そう言いながらも、明は実に嫌そうな顔つきになっていた。

「安国寺が所有している最後の絵は大作です」

「『陰るに』という壁画ですね？」

「そうです。ピカソの『ゲルニカ』のアナグラムで、理性が陰った世界が執拗《しつよう》に描きこまれています」

モニターでは一度に鮮明に映し出せないので、孝は部分をアップするかたちで紹介していった。

理性の陰った者たちが、白昼の街で首を切り落とし、鼻を殺ぎ、交わり、笑っている。妊婦の腹を裂き、子供の脳天を砕き、救急車が横断歩道の人を轢《ひ》きつぶす。随所に「ゲルニカ」のパロディも交えながら、筆舌に尽くしがたい酸鼻《さんび》な光景が壁画いちめんに描きこまれていた。

「この壁画は昼の光景ですが、夜を描いた姉妹作があると伝えられています。これまたアナグラムで『逃げるか』というタイトルだそうですが」

橋上は冷静な口調で告げた。

「夜はもっと忌まわしい行為を繰り広げているのでしょうか」

教授がたずねた。

「いえ、描かれているのは人ではないのです。人間はいっさい登場しません」

「ほう」

「では、何が描かれているんです？」

明が問うた。

霊的国防の長は、ひと呼吸置いてから答えた。

「邪神です」

*

『逃げるか』の現物は焼失したと伝えられています。火の気のない美術館での出来事だったので、恐らく放火だろうと」

橋上は説明した。

「日本の美術館でしょうか」

孝が問うた。

「いえ、フィンランドのラハティにある小さな美術館です」

「オスモ・ヴァンスカが常任指揮者だったラハティ交響楽団がある街ね。一度だけ行ったことがあります」

明が懐かしそうな顔つきになった。

「で、痣里正胤がひそかに運営しているこのサイトでは、『逃げるか』の部分写真が紹介されているんです」

「同じギャラリー4ですか？」

「いえ、サイトの右下のわかりにくいところに隠し扉があるはずです」

しばらく間があった。

「……これか。666と小さく書いてある」

悪魔の数字だ。

「そこをクリックしてみてください」

「わかりました」

ただちに扉が開いた。

CGなのかどうか。怪しげな翼あるものが闇の中で跳梁している。

「『海底の神殿の柱は一本足りない』、『千年前から沈んでいる匣《はこ》』、『その名を呼ぶな唱えるな』……」

孝は絵のタイトルを読みあげていった。

「まともな絵は一枚もなさそうね」

明がまたげんなりした表情になった。

「その神殿の絵はどういう構図？」

画家として気になった光がたずねると、孝はすぐさまクリックした。

海底に沈む神殿の柱は、たしかに一本だけ折れてなくなっていた。それでも、神殿は倒壊することなくそこに建っていた。

柱の代わりに、さだかならぬものが支えていたからだ。目だらけの鱗《うろこ》に覆われた魚とも獣ともつかないものからは、腐った貝のような忌まわしい臭いがいまにも伝わってきそうだった。その名状しがたいものがむさぼり食っているのか、足元には人間の首や内臓などがむやみに散乱している。

「もういい」

光は身ぶりをまじえて言った。

「『逃げるか』へ行きましょう」

三ヶ木教授がうながした。

「はい」

孝は該当するページをクリックした。

茫漠《ぼうばく》たる宇宙の闇の果てに、ぽつんと一つ、扉のようなものが見える。

それは半開きになっている。その向こうの消息が、かすかに伝わってくる。

手が見える。

顔が描かれていない手の主体は、どうやら何かから必死に逃げているようだ。その背後から何が迫っているのか、キャンバスにはいっさい描かれていない。

虚空に独り取り残されて、さだかならぬものに追われつづけてきた者は、彼方の扉に救いの手を伸ばそうとしている。

だが……。

それは本当に救いの扉なのだろうか。半開きの扉から漏れているのは希望の光なのか。

あるいは、何かの奸計《かんけい》なのか。扉の向こうに潜んでいるのは、果たして何なのか。

「人間には、知ってはならないことがある」

だしぬけに、光が口走った。

「何、それ、お兄ちゃん」

明がすかさず問うた。

光はすぐ答えなかった。

何がなしに虚ろな目つきで、モニターの一点を見据えていた。

「お兄ちゃん？」

明の声で、やっと我に返った。

首を横に振り、続けざまに瞬きをする。

「どうしたんだ、光。いきなり妙なことを口走ったりして」

孝が気遣わしげにたずねた。

「おれが何かしゃべったのか？」

光は妹の顔を見た。

「覚えてないの？　変な声でこう口走ったの。『人間には、知ってはならないことがある』って」

明は声を真似て答えた。

「……覚えてないな」

光の顔には、そこはかとない恐怖の色が浮かんでいた。

「この大作は、あまりしげしげと見つめないほうがよさそうですね」

三ヶ木教授が指さした。

「『逃げるか』と、手が伸びてきそうですから」

橋上は真顔で言った。

「では、消しますか」

「いや、あと一点」

霊的国防の長は手を挙げて制した。

「不安な方は、ご覧にならないように願います」

そう前置きしてから、橋上は説明に入った。

「黒形上赤四郎の芸術は、さまざまな元型的フォルムを変奏させることが特徴の一つとなっています。赤い球体、黒い楕円、白い四角形といったそれらのフォルムは、黒形上の崇拝者によってさらに増幅され、これまでに由々《ゆゆ》しい災いがもたらされました」

「ということは、その壁画にもフォルムが表されているわけですね？」

明がたずねた。

兄は目をそらしていたが、妹は「逃げるか」をしっかりと見ていた。海外を含む多くのホールでタクトを振ってきたから、さすがに度胸が据わっている。

「そうです。……扉のあたりを拡大していただけませんか？」

「こんな感じですか？」

「もう少し右……そう、そこで結構です」

フォーカスが定まった。

ほんの少し開いている扉。その向こう側から漏れるかすかな光に照らされて、黒一色の闇の中におぼろげに浮かびあがっているものがある。

今度の意匠《いしょう》は、くっきりとした線で構成されたものではなかった。いやにあいまいで、にわかには何であるか判断がつきかねるものだった。

「雲、でしょうか」

教授が首をひねる。

「蜘蛛《くも》？」

「その蜘蛛じゃなくて、クラウドのほう」

光が妙なしぐさをした。

明が伝えた。

「たしかに、にわかにはわかりづらいかと思いますが、もう一本補助線を引けば、察しがつくと思います」

橋上はそう言って、テーブルの上に置かれていたものを手に取った。

それは、『黒形上赤四郎全詩集』だった。

付箋《ふせん》が貼られていたページを開けると、橋上は喉の調子を整えた。

「『黒い存在の涙』と題された詩があります。朗読してみます」

美島画廊のリビングに、渋い声が響きはじめた。


見ろ、おれの涙を。黒い存在の涙を。

知ってはならないことを知ってしまった知恵の悲しみを。

おれが泣いたことはなかった。愚かな者たちがいかに破滅しようとも、笑いこそすれ、泣くことなどない。おれの体内には、同情の涙など一滴も宿っていないのだ。

そのおれが、泣いた。

おれの出自を悟り、その血の淵源に潜む恐ろしいものの存在を知ったとき、おれは初めて涙を流したのだ。

教えてやろう、おれは人間ではない。

おれの血筋は、人間の皮をかぶっていただけだった。まったく違う進化の過程をたどり、最後の扉とも言うべきおれに到着したのだ。

おれは呪う。

このおれを生み出した世界を、時間と空間とその他いっさいを。虚空に独り取り残されたおれではない、ありとあらゆるものを。

おれの涙は、呪いの種子だ。

その形を認識したとき、おまえの脳髄の奥深くに種子が植えつけられる。

時を経て、種子が花開くとき、おまえはおまえではなくなっているだろう。

＊

「ヘタな詩ねえ」

明がにべもなく言った。

「どこかで聞いてるかもしれないぞ」

光が声をひそめる。

「いいわよ、聞かれたって。思わせぶりばかりで、こけおどしで」

明はなおも酷評した。

「なるほど、涙か」

孝が独りごちた。

「何か思い当たることでも？」

光が問う。

「昔、活版《かっぱん》印刷では傍点《ぼうてん》のことを『ナミダ』という符牒《ふちょう》で伝えたんだ。いまはもう活版は過去の遺物と化してるがね」

孝が説明した。

「そうか。『、』を拡大すると涙の形になるものね」

と、明。


「その『黒い存在の涙』とでも称すべきフォルムが、黒形上赤四郎の芸術では反復されています」

橋上が続ける。

「この扉の近くに描かれているもののそうですね」

孝がさらに画面を拡大させた。

「なるほど、大きな読点のように見えます」

三ヶ木教授がうなずいた。

「そうです。われわれは文章を読むときに、いちいち読点の形を認識していません。そんな必要がないからです。しかし……」

橋上はいったん言葉を切り、『黒形上赤四郎全詩集』を閉じてから続けた。

「黒形上の『黒い存在の涙』に接してしまったあとは、読書体験そのものが変容してしまうかもしれません。読点を見るたびに、ここにえたいの知れない黒い虫がいる、また虫がいる、その裏側からさだかならぬものが這い出てくる、というふうに……」

それを聞いて、光も明もあいまいな顔つきになった。

「涙の形は木版画で多用されていますね」

孝が言った。

「木版画のギャラリーもありました。ギャラリー4の後半がそうです」

「わかりました。出してみましょう」

孝はまた操作を始めた。

ほどなく、暗鬱な木版画が次々に現れた。「無知なる踊り子に慰められる無貌の王」「魔道書を読みすぎた男」「鏡にて見るごとくに怪しく」「無名都市の墓の陰より」等々、さだかならぬものが描かれた抽象画に近い作風だ。

「田中恭吉《たなかきょうきち》から希望の光を希求する思いを捨象《しゃしょう》して、黒一色の絶望で歪めたような画風です。この世界のありとあらゆるものに対する強烈な呪詛《じゅそ》も見てとれますね」

孝は若くして逝った天才版画家の名を出して説明した。

「バックに細かな『黒い存在の涙』、つまり読点のような形が彫りこまれていますね」

教授が指さす。

「そのとおりです。偏執狂《へんしゅうきょう》的とも言えるほど細かな作業ですが、黒形上はこれを瞠目《どうもく》すべき速さで行っていたはずです。何がおかしいのか、鑿を動かしながらげらげら笑っていたこともありました」

かつては蜜月時代もあった孝が回想した。

「藁《わら》人形に五寸釘を打ちこむみたいな感じかしら」

明が小首をかしげる。

「それじゃテンポが遅いよ」

「じゃあ、ティンパニの連打みたいな雰囲気？」

「たぶんそうだ。その音はまだどこかで響いてる」

光は耳にちらりと手をやった。

「その『黒い存在の涙』では、もう一つ気になることがあるのです」

橋上の顔にそこはかとない憂色が浮かんだ。

「木版以外にも使っていますか」

孝が問う。

「黒形上の作品ではありません。安国寺の住職なのですが……」

霊的国防の長は、バッグから一通のパンフレットを取り出した。

色が使われていない、地味なたたずまいだ。表紙には、特徴のある墨書《すみがき》でこう記されていた。

墨羅倶会　Bokrug-kai

「平原市立美術館は大きな箱で、企画展や常設展と並行してさまざまな地元の催《もよお》しも行われています。その一つが、墨羅倶会《ぼくらぐ》という前衛系の書道団体の創作発表会なのです。そのメンバーの一人が……」

橋上はパンフレットを開き、ある箇所を指さした。

痣里正胤、と記されていた。

「お坊さんと書道家なら、そんなに違和感はないと思うけど」

明が小首をかしげた。

「でも、前衛系なんだろう？　よほど変な作品に違いない」

と、光。

「墨羅倶会にもホームページがあります。痣里正胤は無鑑査同人ですから、作品も何点か見ることができます」

「わかりました。出してみましょう」

孝は検索を始めた。

ややあって、モニターに安国寺の住職の作品が大きく映し出された。

「うわ」

明が声をあげる。

「読点しか読めないな」

三ヶ木教授はそう言って瞬きをした。

「部下に解読を試みさせましたが、たしかに読点しか認識できませんでした。ちなみに、その部下は突然、退職願を出してやめてしまったんですが」

橋上は顔をしかめた。

「日本語じゃないみたい。なんだか、楽譜《スコア》に近いような気がする」

女性指揮者が軽くタクトを振るしぐさをした。

「古代ギリシャ語に最も近い、と退職した部下は指摘していました」

「なんとか読める書もありますね。どの作品も読点だらけですが」

孝はそう言って、べつの作品をアップにした。

ひらがなばかりで、こう書かれている。


そは、とこしへに、よこたはる、しびとに、あらねど、

「短歌にしても俳句にしても中途半端ね」

明が切って捨てた。

「出来の悪い釈《しゃく》迢空《ちょうくう》みたいだ」

三ヶ木教授は民俗学者の折口信夫《おりくちしのぶ》の別号を引き合いに出した。

「最後に読点が入ってるのが、なんだか気色が悪いですね」

孝が眉間にしわを寄せた。

「いずれにしても、さきほどの黒形上の詩になぞ

らえて言えば、脳髄に植えつけられてくる種子のような読点です」

と、教授。

「で、その墨羅倶会の発表展示会なのですが、形上影君の展覧会と日程が重なっているのです」

橋上がそう明かした。

「影の展覧会と？」

「そうです。内覧会のときなどに住職が館内にいる可能性もありますから、一応のところ注意しておいたほうがいいでしょう」

「なるほど」

光がうなずく。

「影クンには言わないほうがいいわね。壁画が完成しないことには、ほかの余裕はないだろうし」

「現地での壁画の制作はいつから始めるんだ？」

孝が光にたずねた。

「準備もあるから、あさってから」

「すると、当分は通いだな」

「いちいち帰るのが面倒だし、美術館サイドの好意で職員寮に寝泊まりさせてもらえるようになったんだ。影はまったく世間知《せけんち》がないから、ガス台の使い方などを一から教えてやらないと」

すっかり影のマネージャーのような役どころになってしまった光が言った。

「われわれも監視しています。どうかよろしく」

橋上が右手を差し出した。

「任せてください」

珍しく引き締まった顔つきで、光はその手をしっかりと握り返した。

レベル4

赤い特異点

海の底深く

眠りの門は、時として予期せぬ場所へといざなう。
ふとおまえの眼前に現れるのは、海底の神殿だ。
とうの昔に滅びた都市の石造りの神殿は、
いまなお幽かに濡れている。
神殿の床に、ひそかに流されているものがある。
血だ。
海の生き物のものではない。
生け贄《にえ》の血で、そこはぬらぬらと濡れている。

海の底深く、棲みつづけているものがいる。
半ば崩れた神殿の彼方で蠢く、黒い影がある。
縄ではない、蛇とも違う、海底を這いずるおぞましいものがいる。
眠りの門の向こうに、その姿が朧《おぼろ》げに見える。

『黒形上赤四郎詩集』より

「あれには乗れないのかい？」

影が真顔である動物を指さしたから、光と明は思わず顔を見合わせた。

ここは平原市の総合公園――。

影の展覧会「希求する光、そして存在の影」が催される美術館ばかりでなく、球場や競技場、体育館に屋内プール、さらに規模は小さいながらも動物園や遊具をそろえた原っぱまである広大な公園だ。土曜の午後とあって、公園には子供づれの姿も多かった。

影にとっては仕事場となる美術館に入る前に、動物園に寄っていこうと提案したのは明だった。

ポルトガルの演奏旅行から帰国したばかりだ。リスボンでは南欧のシベリウスと呼ばれるブラガ＝サントスの交響曲第四番を振って喝采《かっさい》を浴び、翌日の新聞の一面を飾ったらしい。

光もただちに同意した。影の人生最初の記憶は血の海の中だ。それも、実の母親の血にまみれて泣いていたのだ。黒形上赤四郎の息子として生を受けた影には、普通の親子関係など望むべくもなかった。動物園に行ったこともないだろう。

そういった「普通の経験」を折にふれて影に味わわせて、生きがたき世界と少しでも親和するようになればというのが、光と明の共通した願いだった。

「だって、影クン、あれはポニーよ。子供しか乗れないの」

明はおかしそうに答えた。

「大人は乗れないんだね」

「影が乗ったら、お馬さんが大変だろう？」

光も笑みを浮かべて言う。

「そうか……それもそうだな」

影はまだいくらか残念そうだった。

その澄んだまなざしの先では、若いお父さんがポニーから下りた三つくらいの男の子を笑顔で抱っこしていた。ありふれた光景だが、こういう日常が影にはなかった。黒形上赤四郎は息子の影に「不良品」の烙印を押し、裸にして絵の具を塗って苛《さいな》んでいたのだ。

「影クン、ふれあいコーナーがあるよ。うさぎやモルモットを抱っこしたことないでしょう?」

明が動物園の一角を指さした。

「ああ、ない」

影が短く答えて続く。

彫りの深い美青年はいかにも場違いで、思わず息を呑んだお母さんも多かったが、影は意に介さずに遊んだ。モルモットの持ち方がよくわからず、係員から注意されたときは子供みたいにしょげていたが、影なりに楽しんだようだった。

「そろそろ時間だな。美術館へ行くか」

光が腕時計を確認してからうながした。

今日は美術館の館長や学芸員などと挨拶する程度で、明日から本格的な壁画制作が始まる。すでに道の具や絵の具などは搬入してあった。

「そうだな。制作に疲れたら、公園を散歩するのもいいかもしれない」

影は落ち着いた表情で答えた。

「そうね。いい息抜きになるから」

「この世界は調律されている」

影は独特の言い回しをして、どこをともなく手で示した。

ちょうど女性ランナーが一人、息を弾《はず》ませながら駆け去っていった。公園内にはジョギングコースがあり、折々の季節の花が咲いている。

「たしかに、調律されてるね。不協和音は聞こえない」

明が耳に手をやった。

「しかし、この美しく調律された世界に亀裂を走らせ、ついには崩壊に導こうとしている者がいる」

ゆっくりと歩を進めながら、影は言った。

「黒形上赤四郎と、その崇拝者たちだな」

光がうなずく。

「その亀裂を、ぼくは絵筆で修復しなければならない。これから挑む壁画は、世界に残された希望の光を集める鏡のような作品にするつもりだ」

凛とした声で、美術調律者は言った。

「できるわ。影クンなら」

明が笑みを浮かべた。

＊

平原市立美術館は帆船《はんせん》をかたどっている。ビーチも有名な湘南の都市らしい、実にさわやかな建築だ。

「なんだか、ザハ・ハディドみたいね」

明が新国立競技場を設計した建築家の名前を出した。

「黒形上の正反対の爽快《そうかい》さだな」

光が率直な感想を述べると、影は思わず苦笑いを浮かべた。

黒一色だが万能の天才である黒形上赤四郎は、建築家でもあった。ただし、おおむね設計図だけで、現存する建築物は一つもない。

スタティックである建築にエモーションやアクションを持ちこむのが現代の建築家だ。明がいま名を出したザハ・ハディドの建築には、まぎれもない動きがある。

黒形上の建築にも動きはあるのだが、見た瞬間に吐き気を催すようなものがもっぱらだった。ことに、「這いうねる混沌」と名づけられた建造物は、人間の神経を強引に引きずり出すような異形のフォルムだった。

悪魔の建築家、と一部では呼ばれている。現存する建築物はないけれども、この地上に黒形上赤四郎の建築が出現したことはある。崇拝者の精神を乗っ取ってしまうのは、黒形上の魔力の一つだ。

だが……。

黒形上赤四郎が設計したホテル・サルナスは、謎の出火で全焼した。焼け跡からはなぜか複数のバラバラ死体が発見された。ホテル・サルナスで何が起きたのか、いまだに謎は解明されていない。

もう一つ、ミッション系のミス・カトニック幼稚園で起きた惨劇は記憶に新しいだろう。無数の触手を持つ赤と黒の八角形の建物は、いまは更地になっている。心身喪失《そうしつ》状態の犯行だったと無罪を主張していた元聖女の園長は自殺して果て、事件には一応の幕が下ろされた。

それ以来、黒形上赤四郎の建築物は一つも世に現れていない。

美術館に入った三人は、館長たちと面会した。館長は右田《みぎた》章介《しょうすけ》、若手の美術家を次々に紹介し、美術館の名を上げた立役者《たてやくしゃ》だ。

「ようこそいらっしゃいました。形上さんの展覧会は前々から考えていたのですが、このたびようやく実現の運びとなって、とてもうれしく思っております」

名刺を交換したあと、艶《つや》やかな白髪の館長はなめらかな口調で言った。

「こちらこそ」

影の返事は短かった。

「いよいよメインの壁画制作なので、影も気合が入っているようです。妹は公演もあるので無理ですが、わたしは毎日こちらに詰めてサポートするつもりです。よろしくお願いいたします」

光は如才《じょさい》なく言って頭を下げた。

「それは心強いですね。うちのほうも、専任のスタッフをつけさせていただきます。紹介しましょう」

右田館長は二人のスタッフを紹介した。

「まず、学芸員の大豆生田茜《おおまみゅうだあかね》。マーク・ロスコなどの現代抽象画の研究家でもあります」

「大豆生田です。よろしくお願いします」

まだ女子大生でも通じそうな童顔の学芸員がぺこりと頭を下げた。

丸い縁《ふち》なしメガネがよく似合っている。栗色に染めたツインテールの髪は、名前と同じ茜《あかね》色のリボンで留めていた。

「それから、設備主任の安乗譲二《あのりじょうじ》君。絵の具や道具など、不足の物があれば、彼に何なりと申しつけてください」

「安乗です。よろしくお願いします」

よく日に焼けた青年がいくぶん緊張気味に挨拶した。

「彼は学生時代に水球をやっていて、体力に恵まれていますから、大きなローラーを動かしたりする力仕事はお手の物です」

右田館長がそう紹介した。

「それは気になってたんです。なにぶん大きな壁画ですからね」

と、光。

「できれば、すべて自力で制作したいところなんだが」

「そりゃ、きみの気持ちはそうだろうけど、高さが三メートル、幅が十メートルもあるんだぞ。下塗りなどの作業は任せて体力を温存したほうがいい」

光がそう言うと、影も納得してくれた。

その後はしばらく雑談が続いた。大豆生田茜学芸員は「μ《ミュー》の部屋」、安乗譲二設備主任は「ジョージョーの奇妙な生活」というブログを持っていて、どちらもまめに更新しているらしい。安乗という苗字は「あんじょう」と読まれることが多く、昔からジョージジョーと呼ばれていたのだそうだ。

始めは緊張気味だった設備主任も徐々に打ち解けてきて、重い板を抱いて立ち泳ぎをしたりする水球の練習の話などを面白く語った。

右田館長はクラシック音楽のファンで、明のコンサートにも足を運んだことがあるらしい。一段落ついたところで、館長はさっそくサインを求めていた。

そんな調子で、顔合わせは滞りなく終わった。

「では、さっそくですが、壁画制作の舞台をご覧いただきましょう」

館長が笑みを浮かべて言った。

「わかりました」

影が真っ先に答えた。

＊

巨大な白いキャンバスが広がっていた。

何も描かれていない空間が、ただぬっとそこに存在している。それは清浄であると同時に、いささか不気味さも感じさせた。

「下塗りはどうする？」

光がたずねた。

「黒と藍色の二種類で」

影は絵の具を細かく指定した。安乗設備主任がすかさずメモする。

「上のほうはどうやって塗るの？」

明がキャンバスを指さした。

「高いところはゴンドラに乗って行います。手元のリモコンで動きを微調整できるようになっていますので。あとは脚立を何種類か用意しました」

館長が答えた。

「気をつけてね、影クン」

明が案じ顔で言った。

「背が高いんだから、おまえが代わりに描いてやれよ」

「わたし、タクトより重い物を持ったことがないの」

妹は兄にすぐさま切り返した。実際は大盛りの丼などをしょっちゅう持っている。

「天井にフックがありますので、白髪一雄《しらがかずお》みたいに宙吊りになって制作することもできます」

大豆生田学芸員が上のほうを指さした。

足の裏に絵の具をべったりとつけ、全身を使って制作に励んだ白髪一雄は伝説の前衛画家だ。日本のアクションペインティングやアンフォルメルの歴史を繙くと必ずその名が出る白髪一雄は、海外でも声価《せいか》が高い。

「絵の中からそういう声が聞こえたら、お願いするかもしれません」

影は芯のあるいい目で答えた。

「明日は朝からブルーシートを敷き、職員も極力立ち入らせないようにしますので」

館長が言った。

このままでは絵の具が飛び散ってしまうから、シートを用いるのは当然の処置だ。

「夜は何時ごろまで制作できますか？」

影がたずねる。

「美術館は二十四時間体制で警備員が詰めているのですが、市の省エネ方針がありまして、遅くとも午後十一時には退出するようにと言われています」

館長は申し訳なさそうな顔つきになった。

「夜型の影にはちょっと早いかもしれないな」

光が首をかしげた。

「ただ、大型の照明灯を搬入すれば、特例として認められるでしょう。煌々《こうこう》とした灯りではありませんが、納期の問題もありましょうし」

右田館長は少しあいまいな表情で言った。

図録の制作も進んでいるが、大作の壁画の制作がこれからだ。関係者が気をもんでいることはすぐ察しがついた。

「だったら、押し詰まってきたら、ここに寝泊まりして制作すればいい。ちょうどソファもあるし」

光が指さした。

平原市立美術館には大きな展示室が五つある。今度の展覧会は、そのうちの三つを使う。二階の二つの展示室を回ったあと、観客はエレベーターもしくは階段で一階に向かう。そして、三つ目の展示室を観て、エントランスホールに出る。壁画はそこに据えられる予定だった。

エントランスホールには彫刻が飾られ、座り心地のいいソファがいくつも置かれている。いずれ壁画が完成したら、鑑賞者はここに座って作品と対話をすることができるようになっていた。

「もちろんそうしていただいてもいいのですが、職員の寮のほうが落ち着くのではなかろうかと」

と、館長。

「寮の近くにはスーパー銭湯もありますので、疲れを癒すにはもってこいです」

安乗設備主任が屈託のない表情で言った。

だが、スーパー銭湯という言葉を聞いて、影は思わず顔をしかめた。いきさつを知っている明が笑いをこらえる。

世間知のない影に社会勉強をさせようと、前に光が連れていったことがある。しかし、スーパー銭湯のサウナに一歩足を踏み入れただけで、影は地獄に来たかのような顔つきになって飛び出してしまった。

サウナばかりではない。カラオケも居酒屋も、影の繊細な神経には耐えられない場所のようだった。

「彫刻は移動させることも可能なのですが、このままで大丈夫でしょうか」

館長が訊いた。

据えられているのは前衛系の彫刻で、「未来への伝言」というある意味では牧歌的なタイトルが付されていた。

「直接、邪魔になるわけではないのですが……」

影は困ったような表情になった。

「形上先生の創作の磁場に、ほかの芸術家の作品が入りこむのはいかがなものでしょうか、館長」

大豆生田学芸員が意見を述べると、右田館長はすぐさまうなずいた。

「そうだね。では、これも朝一番で移動させよう。観客の導線に抵触しない置き場所はあるし」

「では、彫刻の作者の先生には、わたしから連絡しておきます」

「うん、頼む」

壁画制作の段取りは徐々に整っていった。

昼間に制作しているところをしげしげと見られたりすると、どうしても気が散ってしまう。そこで、いささか無粋《ぶすい》だが白い幕で覆い、視線を遮断《しゃだん》することにした。幕の前には静粛をうながす立札も出すことになっている。

「それでやってみるしかないね」

光が影に言った。

「ああ」

影が短く答えた。

「では、さっそく明日からよろしくお願いいたします。ご利用いただく寮は、これからご案内しますので」

館長は柔和《にゅうわ》な顔つきで言った。

＊

「やはり、夜に進めないと駄目だね」

影はそう言って、一つため息をついた。

打ち合わせをした翌日から、影は壁画の制作に取りかかった。だが、いかに幕を張って静粛を呼びかけても、昼間は神経が乱されることが多かった。

一例を挙げれば、美術館のカフェレストランは穴場として知られており、これだけを目当てに足を運ぶ客も多かった。しばしば行列もできるから、話し声が制作現場にも響いてくる。影が集中するにはいささか酷な環境だった。

「そうか。だったら、いよいよ照明の持ちこみか」

まだ黒と藍《あい》色の下地しか塗られていない壁画を見ながら、光が言った。

「暗いほうが、光が見える」

影は感覚的なことを口走った。

「この壁画も、そういった光を希求する作品になりそうか」

光の問いに、影は少し考えてから答えた。

「あるいは、鏡だ」

「鏡？」

「そうだ。ぼくの血の淵源、すなわちそれは父の血の源にもなるわけだが、その人類の起源よりも旧いものを映し出し、あるいは召還《しょうかん》するような装置となりうる絵をここに現出《げんしゅつ》せしめることができないか、とひそかに考えている」

影は手にしたローラーで壁画を示した。

「平面にすぎない壁画を凹面鏡みたいにするわけか？」

光はいぶかしげな顔つきになった。

「絵は平面じゃない。世界だ」

影はそう断言した。

「ぼくと父の血の淵源に存在しているのは、人類よりはるかに旧く、たとえようもなく邪悪なものだ。初めに見たときは、そのあまりの恐ろしさにひと目見ただけで昏倒《こんとう》してしまった」

「そうだったな」

「しかし、いかなる名状しがたいものだったか、たしかにぼくの脳は記憶している」

影はこめかみを指さした。

「またそれを描くんじゃないだろうな」

「違う」

影ははっきりと答えた。

「あのような邪悪なものが跳梁する世界、さらに言えば、父が是とする悪しき世界を映し、包摂《ほうせつ》するような鏡となりうる壁画を、ぼくは描きたい」

「筆をもって、このゆがんだ世界を調律するわけだ」

友の成長にひそかに感動しながら、光は言った。


「そうありたいと願っている」

青年画家はそう言ってうなずいた。

「それなら、なおのこと静かな環境で、世界と対《たい》峙《じ》しなければならないね」

「対峙しなければならないのは、世界だけじゃない。時間や空間もそうだ。そして……」

影はちらりと壁画の上のほうを見た。

その死角となる部分から、黒形上赤四郎がひそかに覗いている。ときおりぬっと首を出し、様子をうかがっている。

そんな気がしてならなかった。

＊

「影君の制作は順調なんだな」

孝がたずねた。

「まあ、一応はね。本人はまだまだ不満そうだけど」

眠そうな表情で光が答えた。

やはり、と言うべきか、影は深夜まで作業を続けるようになった。スタッフを付き合わせるわけにはいかないから、立ち会うのは光の仕事になる。そのせいで睡眠時間が足りていなかった。

美島画廊の午後――。

橋上進太郎と三ヶ木教授も同席し、恒例の作戦会議が始まるところだった。明はまた演奏旅行で不在だ。

「形上さんの体力はいかがでしょうか」

橋上が問うた。

「だれでも塗れるところは手伝ってますから、なんとかなってます。気力のほうも充実しているので」

「そうですか。それはなにより」

渋い口調で言うと、橋上はアールグレイのカップに手を伸ばした。

「ところで、制作の現場に怪しい気配は？」

三ヶ木教授がぼかしたかたちでたずねた。

「いまのところ、はっきり黒形上が現れた形跡はないですね。深夜に影が作業をしているのを見守っていると、ときどきあらぬ妄想にとらわれてしまいますが」

「たとえば？」

孝が訊いた。

「壁画の上から覗いてるんじゃないかとか、警備員に化けてるんじゃないかとか」

父に向かって、光が答える。

「なるほど。そんな気持ちになるだろうな」

孝はうなずいた。

「美術館ではいまのところ何も起きていないようですが、どうも気になるデータがあるのです」

橋上はそう言うと、小皿を脇にやって資料を取り出した。

小皿の上には、焼きたてのクロワッサンが載っていた。朝食でもないのに、と孝は苦笑していたが、客の評判は上々だった。わざわざ北欧から取り寄せている無塩バターをたっぷり使った焼きたてのクロワッサンだ。まずいはずがない。

「これをご覧ください」

橋上は一枚のデータを示した。

地図上に赤い点がいくつも示されている。

「これは……平原市を中心とする地図ですね」

教授の表情が曇った。

「交通事故か何かですか」

光が訊く。

「それも含まれていますが、もっと幅広い死者を赤い点で示しています。その結果、分布に異様な偏りがあることが判明しました」

「死の特異点のようなものですか」

教授が腕組みをする。

「そうです。平原市……いや、より正確に言えば平原市立美術館を中心として、円環状に死の特異点の環《わ》が広がっているのです」

橋上の眉間にすっとしわが刻まれた。

「そう言えば、このところ事故が多いなとは思ってたけど」

光が言った。

平原駅に通じる長いエスカレーターで将棋倒しがあり、下にいた男性が転倒して亡くなった。隣の駅では、乗り換え専用の階段を急いでいた人が足を踏み外して落下し、巻き添えになった女性が命を落とした。

主要な幹線道路に目を転じれば、沿道の洋酒工場で作業員がベルトコンベヤに巻きこまれて死亡した。十字路での出合いがしらの衝突事故や連続放火殺人事件、さらに危険ドラッグの服用による殺人や交通事故などが近辺で次々に起きている。

自殺も多い。駅での飛び込み自殺や、大型デパートなどからの飛び降り、さらに、公共トイレなどでも頻繁に人が死んだ。なかには遺書がなく、心当たりもまったくない不可思議な自殺もあった。

「これには理由があると？」

三ヶ木教授が腕組みを解いた。

「まるで黒形上赤四郎が遠くから赤い網を絞ってるみたいですね」

光が眉をひそめる。

「そうだな。あいつなら……」

孝は言葉を呑みこんだ。

黒形上赤四郎は存在のステージを超えた悪霊だ。どんなことでもやりかねない。

「あるいは、過去に何度かありましたが、崇拝者を操って地雷めいたものを仕掛けているのかもしれません」

橋上はそこでいったん言葉を切り、バッグから資料を取り出した。

「平原市の新古書店の均一本の棚で売られていたものです。わがスタッフに鑑定させたのですが、これはどうも『良くない』もののようです」

「良くない、と言いますと？」

教授がたずねた。

「一部の例外を除いて、内容は穏当です。平原の刊行案内や、サイクリングコースの紹介といった、地域に根差したささやかな出版物という体裁を取り繕っています。しかし、実は……」

霊的国防の長の声が低くなった。

一冊を開き、指で示す。

「これをご覧ください。読点の形がいびつでしょう？」

「ほんとだ」

光が真っ先に気づいた。

何気ない紹介文に打たれた読点の形が、目になじんでいる通常のものとは微妙に違っていた。

逆に、あるものに似ていた。黒形上赤四郎が固執していたフォルムだ。

「これを意図的にやっているわけですか」

教授がうめくように言った。

「本人は能動的にやっている、つまり、自らの意志で行っているつもりなのでしょうが、実際は悪霊に操られているのでしょう」

橋上はそう言うと、出版物の著者名を指さした。目になじみやすい書体で、こう記されていた。

あざりまさたね

＊

「何に見える？」

声をひそめて、明がたずねた。

「おまえはどうなんだ」

光が逆に問い返した。

「海、に見えるけど。それも、深い海。天空の闇とも通じてるみたいな、ありえないほど深い海」

どこか歌うように、明は答えた。

平原市立美術館では、影による壁画制作が続いていた。

外の銀杏《いちょう》並木が黄金色《きんいろ》に染まったかと思うと、木枯《こが》らしが街を吹き抜け、葉を舞い上げながら散らしていった。いつのまにか、今年もあとわずかだ。

影の展覧会は、来年の一月二十八日から始まる。図録には制作風景を載せるという策で乗り切ることになったが、もし万一完成しなかったら大問題だ。影は体が強くないから、寝込んで入院とでもなったら、たちまちタイムリミットが来てしまう。チーム美島も美術館のスタッフも、かなり気をもみだしていた。

「おれの目にも、海に見える」

死角になるところから見守りながら、光が言った。

今日は金曜の晩だから、通常より開館時間が長い。ほかの展覧会の準備も進んでいるから、館内には人の姿がそれなりにあった。

「そうよね。シベリウスの四番みたいな深い海」

指揮者らしく、明が感覚的なことを口走る。

「抽象画に見えて、具象が含まれていないこともないのが影らしいな。あそこなんて、柱に見えるじゃないか」

光が指さす。

「そうね。神殿を支えていた柱みたいに見える」

と、明。

「そうだな。どういうわけか、神殿は海の底に沈んでしまった。しかし、それはただの廃墟《はいきょ》ではなく、うーん……」

光はそこで言いよどんでしまった。

「ただの廃墟じゃないわね。闇が波動してる」

「ああ、なるほど、波動か」

「そう。終わったところからすべてが始まるの。古いことは、新しい」

明は妙に哲学的なことを口走った。

影の動きが止まった。

脚立をいちいち移動させなくてもいいように、複数のものが置かれている。そのあいだを移動し、ローラーや刷毛《はけ》などの道具を持ち替えながら影が制作を進めている。

気が散らないように注意しながら、安乗設備主任もしくは大豆生田学芸員がサポートしている。深夜には光が単独で付き合う。そのようにして、影を護《まも》りながら、制作が進むのを待っていた。

いまは大豆生田学芸員が指示を受け、ローラーを洗って次の絵の具を塗る準備をしていた。服が汚れないように透明なポンチョのようなものをまとっている。その童顔の学芸員と目が合った。

互いにうなずき合う。思いはどちらも同じだ。

影の動きがずっと止まったままだと、息が詰まりそうになってくる。

「影は鏡を現出せしめたいと言った」

「鏡？」

「ああ」

光は前に聞いた話を妹に聞かせてやった。

「凹面鏡みたいな感じかしら。パルミジャニーノが自画像を描いた」

「遠近法が狂った自分が映るわけだな。……そうかもしれない」

少し間を置いてから答えると、光は壁画のほうを見た。

具象として表されているのは、海底に沈む神殿の柱のようなものだけだ。その上方には、黒と藍がうねるように塗りこめられている。

近づくと、絵の具はもうかなり厚くなっていた。うねりを感じさせる、力感のある壁画だ。

それは光が届かない海底であると同時に、はるかかなたの宇宙の闇でもあった。海がいつのまにか空に変容する。じっと観ているうちにえたいの知れない浮遊感が生まれ、絵に引きこまれていく。

影の才能が如実《にょじつ》に表れている作品だった。

「いずれにしても、これは傑作だな」

「うん。影クンの代表作になるかもしれない」

明は即座に答えた。

「暗色ばかりじゃなくて、亀裂のように入ってる暗い赤や黄色がまたいいんだ」

「生き物みたいにも見えるね。……何かが這いうねっているみたいな」

「そうだな。あれがあるから、天空と海底がシームレスでつながるんだろう」

光がそう分析したとき、影の手がまた動きはじめた。

何もない、ただ暗黒だけが広がっている部分に、さらにローラーで黒い絵の具を塗りつけていく。

それは、祈るようなしぐさに見えた。

おのれの血の淵源も、調律が狂ってしまったこの世界も、光も明も、ひとしなみに鎮まらせるような祈りだ。

しばらく無言で影の動きを見ていた。

ふと、うしろで足音が聞こえた。

だれかがひそかに近づいてきたような気がした。

だが、振り向いてみても、そこにはだれもいなかった。

遠くでサイレンが響いている。

それは少しずつ美術館のほうへ近づいてきた。

シーンⅡ

すぐそこにある惨劇

媒《なかだち》

媒となるのは、ごくありふれたものだ。
どこにでもある十字路だったり、文章にふと
現れる読点だったり、いとも凡庸《ぼんよう》な壁の装飾
だったりする。
それが媒であることを、人は認識することが
できない。
媒を介して、いかなる恐ろしいものが現れる
か、予知することはできない。
人間の乏しい頭脳では、絶対に見通すことが
できない構造があるのだ。
人ではない、おれだけが分かる。
ある明確な意志を持って、媒を遍在させるこ
とができる。

見よ。
おまえの行く手には見えない画鋲《がびょう》が無数に撒
かれている。
たとえ踏んでも、すぐには痛みは感じない。
ある程度歩いたところで傷口から血が失われ、
崩壊に至るだけだ。

『黒形上赤四郎詩集』より

清志《きよし》は一冊の本に手を伸ばした。

聞いたことのない著者と出版社で、文庫版なのに自費出版のようだった。

十円、という夕ダ同然の値がついている。

昼下がりの古本街だ。暇さえあれば安い珍本を漁るのが趣味の清志は、しばしばこの街に足を向けていた。仕事は鉄道関係のフリーライターで、地方への出張もたびたびあるが、都内の喫茶店で原稿を書く日も多い。今日はちょうど一つ原稿に区切りがついたから、気分よく古本漁《あさ》りに出たのだった。

ものみな点に終わる　あざりまさたね

本のタイトルと著者名はそうなっていた。

中をぱらぱらめくっても、何の本かすぐわからなかった。小説かと思ったが、ある部分は詩のようで、またある部分は研究論文のようだった。

(買っておくか。どうせ十円だし)

清志は本をレジに運んだ。

そのとき、彼の運命は決まった。

＊

(うーん、なんじゃこりゃ)

清志は首をかしげた。

あらためて『ものみな点に終わる』に目を通してみると、違和感ばかりが募った。

まず、通常より読点が大きすぎるのだ。そのせいで、どうも目がざらざらする。落ち着かない気分になってくる。

いまどき活版印刷なのだろうか、読点の天地が逆になっているところもあった。向きも微妙に違う。

内容も腑に落ちなかった。

たとえば、こんなくだりがある。

一にして全なるものは輝ける虹色の球体の集積であるが、集積である以上、分割してこれ以上割ることのできないモナドに還元することができる。そのどうしても分割できない﹅﹅﹅﹅﹅﹅﹅﹅﹅﹅﹅﹅﹅﹅は分割できないがゆえに言語化することができない。ただ﹅﹅﹅﹅﹅﹅﹅﹅﹅﹅﹅﹅﹅﹅﹅﹅﹅﹅﹅﹅﹅﹅﹅﹅﹅としか表現できない名状しがたきものであり、その人知を超えた﹅﹅﹅﹅﹅﹅﹅﹅﹅﹅﹅﹅﹅﹅﹅﹅﹅﹅﹅﹅﹅﹅﹅﹅﹅の消息こそが虹色の球体の集積の本質なのである。

何を言いたいのかさっぱりわからなかった。頻《ひん》出《しゅつ》する﹅﹅﹅﹅﹅﹅﹅﹅﹅﹅﹅﹅﹅﹅は伏せ字なのだろうか。そうとでも考えなければ、とても辻褄《つじつま》が合わなかった。

清志は本をあらためてみた。

著者のあざりまさたねの略歴紹介はどこにも記されていなかった。版元は安国出版、印刷会社は光鳥《こうちょう》印刷となっている。そのほかの情報はまったくなかった。

喫茶店の隣の席が埋まった。息抜きに今日の戦利品の本をあらためていた清志は、ノートパソコンに向かって仕事を始めた。

だが……。

どうも調子が出なかった。ほどなく、その理由に気づいた。

読点を打つたびに、そこはかとない違和感が走るのだ。

、が一つモニターに現れる。さきほどの奇妙な本に頻出していた大きな読点がフラッシュバックし、脳の中でかすかに蠢く。

、のキイボードだけ、うっすらと濡れているかのようだった。こんな嫌な感じは初めてだ。

ややあって、清志ははっと我に返った。

いつのまにか、読点をいっさい使わずに原稿を書いていた。モニターに表示されていたのはひどく読みにくい文章だった。

(何をやってるんだ、おれは)

あわてて推敲《すいこう》を始めたが、やはり読点を打つたびに違和感が走った。心臓を微細な槌《つち》で打たれているような感覚だった。

あの本のせいだ。

清志は『ものみな点に終わる』をバッグから取り出し、指まかせで開いた。

そのページにもむやみに読点が打たれていた。

いや、読点のほうが多かった。ちゃんと続いている文章は一つもない。

「魂の瓶《びん》の中身は、、、、、、、、、、、、、恐ろしい老人のはらわたで、、、、、、、、、」

「慄然《りつぜん》たる神秘は、、、、、、、、、、、、、、負の栄冠を君らに捧げ、、、、、、、、、、、、、、、、」

「大いなる秘法も暗黒の儀式も、、、、、、、、、、、、、、、、、、、、
すべては『暗号概論』のなかに」

不可解なフレーズばかり並んでいる。まったく理解することができない。

清志は続けざまに瞬きをした。

初めは怒りの色が浮かんでいたその表情が不意に変わった。

清志は何かに驚いたような顔つきになった。

そして、だしぬけに無表情に変わった。

＊

喫茶店を出た清志はホームセンターに入り、ある物を購入した。

そして、古本街に戻った。

買ったばかりの物を、清志はさっそく使った。

その行為のあいだ、表情はまったく変わらな

かった。

氷のごとき無表情で、読点を打つように腕を動かしていた。

その日、何の脈絡もなく通り魔と化した清志は、ナイフで四人を刺殺した。

レベル5

いと黒きもの

儀式

まず右手を挙げなければならない。
すべてはそれからだ。

生け贄の首を斬り落とすのは簡単なことだ。
血を飲むのも難しいことではない。
喉《のど》を鳴らして、鮮血を浴びるほど飲めばいい。

さて、呪文だ。
それを発音しようとしてはいけない。
そもそも、通常の音声器官では発音できないものを
明晰に発音できるはずがない。
では、どうすればよいのか。
恐らく答えは一つだ。

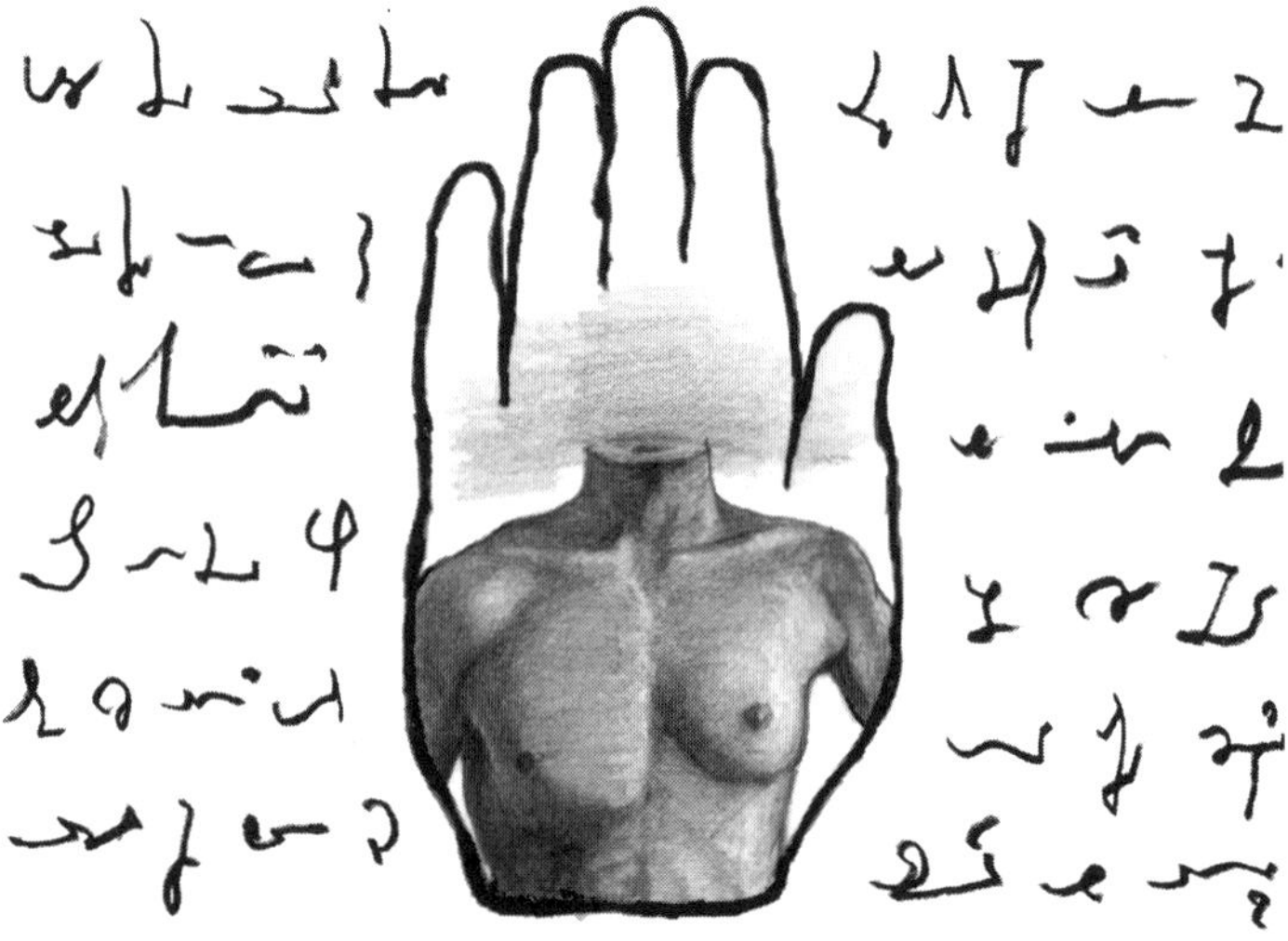

発音される対象になってしまえば、もはや他者ではなくなる。
それを発音する必要は失せる。
それから、おもむろに動けばいい。
この世界を滅ぼせばいい。

『黒形上赤四郎詩集』より

書道展は内覧会が始まっていた。

湘南地方の前衛書道の会派が催す展覧会だから、人の数はさほど多くない。一点ずつゆったりと鑑賞することができる。

そのなかに、ひときわ眼光の鋭い人物がいた。

安国寺、いや、暗黒寺の住職の痣里正胤だ。

「これはこれは、ご住職、お世話になっております」

書道会の世話人がすぐさま見つけて声をかけた。墨染《すみぞ》めの衣に先の尖った坊主頭だから、いやでも目立つ。

「どうも」

痣里正胤はぶっきらぼうに答えた。

湘南の書道界の重鎮《じゅうちん》だが、付き合いは良くなく、酒席をともにしたりすることはない。打ち解けて語り合うような友もいなかった。

「わりと広めの展示室が空いていたので、ゆったりした展示ができましたね」

世話人はすでに準備が整っている会場を手で示した。

「広めと言っても、隣の壁画を描いてるやつとは比べものになりませんからな」

痣里は底意《そこい》のありそうな言い方をした。

「そりゃあ、向こうのほうがメインですから。若くて才能があって、おまけにイケメンなんですから、うちらじゃかないません」

世話人が苦笑いを浮かべると、住職もつられてほんの少し笑った。

ただし、目だけは笑っていなかった。いささかも笑ってはいなかった。

「それにしても、ご住職、いや、痣里先生の今回の出展作は迫力がありますね」

「いや、大きいだけで」

「ご謙遜《けんそん》を。あの壁画にも負けない迫力ですよ」

世話人はお世辞のつもりで言ったのだが、痣里正胤は露骨に顔をしかめた。

壁画は完成に向かって着実に進んでいるらしい。ときには大きな筆を持ち出し、べっとりと墨を塗ってやりたくなるが、住職はぐっとこらえていた。

「まあなんにせよ、よろしくお願いします」

痣里の機嫌が芳しくないことを察したのか、世話人は早々に立ち去っていった。

向こうのほうでは、まだ若い女性書家が取材に答えていた。

痣里は鼻を鳴らした。

(書は生きる証《あかし》などと、凡庸で耳が腐りそうなことばかり口走っている。おまえらは何も知らない。この世界はすぐ壊れる水の器のごときものだ。大きな黒い掌《たなごころ》の上でふるふると揺れている、かりそめの器にすぎない)

会場に並んだ作品を眺めながら、痣里正胤はさらに考えた。

(どれもこれも駄作ばかりだ。世界を律しているのが人間だと堅く信じている愚か者の芸術の浅ましさよ)

同じ会に所属している書家の作品を、痣里は頭の中で端から斬り捨てていった。

ひとわたり見終えたところで、ふと気づいた。白髯《はくぜん》の老人が痣里の作品の前で足を止め、じっと見ている。

(見ろ)

痣里は念波を送った。

(おまえには判読できないものを見ろ。そうすれば、おまえの脳幹に人知れず罅《ひび》が入るだろう。その亀裂はやがて少しずつ広がり、ついには致命的な災いを招くことだろう)

老人のうしろ姿を見ながら、痣里は薄く笑った。

平原市を中心に同心円状に広がっている死の特異点は、痣里が仕掛けたようなものだった。黒形上赤四郎が偏愛《へんあい》した元型的フォルムの一つ、読点に似た形を抽出し、さりげなく印刷物などに潜ませるのだ。光鳥印刷をはじめとして、地元の印刷会社に顔が利《き》く痣里にとっては、いともたやすい仕掛けだった。

ポスターもあれば自らが執筆した童話などもある。それらはみな、親しみやすく、あたたかな体裁を取り繕《つくろ》っていた。

その仮面の下に隠されたおぞましい素顔を知っているのは、仕掛けた者だけだった。

痣里は毎日、新聞を丹念に読んだ。インターネットで事故や殺人などのニュースを集め、折にふれてプリントアウトして専用のファイルに入れた。

それはデスファイルのごときものだった。死の記事を読みながら、暗黒寺の住職は夜ごとにうまい般若湯《はんにゃとう》を呑んでいた。

(あの年寄りは、どこかで倒れるだろう。あるいは、家族に向かって不意に刃物を振り上げるかもしれない。哀れなものだ)

痣里の心の声が届いたわけではあるまいが、老人はやにわに首を振った。そして、会場からそそくさと立ち去っていった。

痣里は自らの作品のところへ戻った。

むろん、作者は読める。

痣里正胤の前衛書道の文字は、こう記されていた。

いと黒きもの、呪《まじな》いにより、
虚空より、不意に召還せらる、
黒き血よ、その滴りよ、
、、、、、、、、、、、、、、、、、、、、

いまこそ、目覚めよ、
愚かな、無限に愚かな、人間どもの上に、
しめやかに、降り注ぎ、
その息の根を止めよ、
黒きもの、いと黒きもの、
その黒き血の、悦ばしき滴りよ、

　いと黒きものは、いともたやすく召還される。

　黒形上赤四郎の元型的フォルムは、忌まわしいものを映す鏡のごときものだ。黒形上の崇拝者である痣里は、その恐ろしい効果を知悉《ちしつ》していた。

「黒きもの、いと黒きもの……」

　歌うように繰り返すと、痣里は壁画にちらりと目をやってから美術館を出た。

＊

　次に痣里が向かったのは、美術館と通り一つ隔てた博物館だった。

　ここはプラネタリウムが充実しており、学校の課外授業でもしばしば使われている。だが、痣里の目的は喫茶店だった。美術館のそれは女性客が多く、ときには入れないこともあるが、日当たりの芳しくないこちらはいつも空いていた。

「ブラックコーヒー」

　いつもと同じ品を注文すると、痣里はノートパソコンを立ち上げた。

　書家にはアナログ人間が多いが、痣里は違った。パソコンにもインターネットにも習熟し、さまざまな裏技を身につけていた。

　痣里がいま寸暇《すんか》を惜しんで進めているのは、ひそかに陥穽《かんせい》を掘る仕事だった。

　落とし穴はどこにでもある。ほんの一度、ふとした出来心でそのＵＲＬをクリックしてしまったら、人はいともたやすく黒い穴に転落してしまうのだ。

「お待たせしました」

コーヒーが来た。

痣里は鋭い一瞥をくれただけで、礼も言わなかった。すぐさま少し飲み、人気がなくなったのを確認してから作業を続ける。

いま行っているのは、巨大匿名掲示板のスレッドにURLを貼ることだった。エロチックな画像を貼ったり観たりするのが目的のスレッドは、それこそ星の数ほどある。下世話《げせわ》にくだけて言えば、助平心《すけべいごころ》をくすぐるようなテーマだ。

痣里はそれをアトランダムに選んでは、あらかじめコピーしてあったURLを次々に貼っていった。

美貌の将棋棋士《しょうぎきし》、陸上の双子の姉妹、ガールズケイリンの選手など、とりとめのないスレッドに、黒々とした落とし穴が開けられた。

それは言うなればトンネルのようなものだった。ひとたび落ちてしまうと、リニアモーターカーのごとくに運ばれて行ってしまう。

痣里が誘導したのは地下画廊だった。むろん、飾られているのは黒形上赤四郎の絵ばかりだった。安国寺のサイトの隠し部屋にも黒形上のコーナーがあったが、足がつかないようにそれとはべつにつくった。

そこに収めたのは、一見すると不可解な絵ばかりだった。

「岩」と題された絵がある。波が間断《かんだん》なく打ち寄せる岩の上に、不定形のかたまりが置かれている。ゼラチン状のものは風に吹かれ、ぷるぷるとふるえているかのようだ。

黒形上の芸術にくわしい者なら、すぐ気づくはずだ。そのいびつな形は、読点に似ていた。

「行き倒れ」という絵がある。文字どおり行き倒れた男を、人々が虚《うつ》ろな表情で見下ろしている。

男の頭部はもはや人間ではなかった。読点のごときものに変じていた。

「襲来」に描かれているのは、巨大な隕石《いんせき》に襲われる街の図だ。人々は天空を指さし、恐怖や驚きの色を浮かべている。その隕石も、いびつな読点の形をしていた。

「解剖事始《かいぼうことはじめ》」は異色の絵だ。江戸時代の腑分けを描いたものだが、解剖されているのはえたいの知れない巨大な怪物だった。医師がいままさに心臓を取り出すところだ。その血まみれのものも読点の形だった。

そのように、落とし穴の先には必ずその形があった。

「なんだ、これ」

「何かと間違えて貼ったのか？」

「つまんないもの見ちゃった」

罠にかかった者は軽く考え、元の場所へ引き返す。

だが、そのときはもう遅いのだ。

黒形上赤四郎の呪物は、見た者の脳の奥に宿る。時限爆弾のごとくにひとたび宿ってしまったものは、何の前ぶれもなく爆発する。

そうなってしまったら、終わりだ。

赤い死の特異点がもう一つ増える。

ひとわたり作業を終えると、痣里は薄く笑った。

(落ちろ。愚かな者どもめ。おれが掘った穴に落ちて破滅しろ)

痣里はコーヒーを半分ほど飲むと、べつのURLをコピーした。

秘密の場所に収められている黒形上の作品は、絵ばかりではなかった。

観る麻薬と称された映画も、詩や箴言の朗読なども含まれていた。

インタビューもある。怪しげな動画がたくさん紹介されているサイトにアクセスし、「これはどうか」と軽い気持ちでクリックすると、セクシーな娘ではなく異貌の芸術家が現れてやにわに語り出す。

「教えてやろうか。おれは人間ではない。わが家系は人にあらざる彼方の神とつながっている。その神の名は……」

一度聞いたら最後、いつまでも耳について離れない声が禁断の名を唱える。

その名前を聞いてしまったら、もういけない。頭の中に放たれた虫は人知れず蠢き、脳細胞を蝕んでいく。

ある者は、家族と団欒《だんらん》の時を過ごしていた。お笑い番組を観て笑っていた男は、だしぬけに虚ろな表情になり、マンションのベランダに出て、飛び降りて死んだ。

またある者は、段ボールの荷造りをしていた。実家に遊びに帰るので、先におみやげなどを送っておくことにした。

五つの娘の遊び道具や写真なども入れた。父はガムテープでていねいに段ボールを梱包《こんぽう》し、娘の鼻と口をぐるぐる巻きにして、殺した。

動画サイトはエロチックなものばかりではない。かわいい動物の映像を観てなごむサイトも数多い。

痣里はここにも仕掛けた。

クリックしたら現れるのは、黒形上の映画の一シーンだ。

だれもいない港町を風が吹き抜けていく。

「神は見ている」

その貼り紙が宙に舞い、不意に裂けて散っていく。

断片と化したものは紙ではない。すべて蠢く虫に変じている。

それもまた読点の形をしていた。

「猫は出てこないわね」

「なによ、これ」

見てしまった者は次へ移り、その不可解な動画のことを忘れる。

翌日、とある小学校の役員会議の帰り、仲のいい二人の母親が楽しく語らいながら歩いていた。途中でスーパーに立ち寄り、買い物をした。どちらの家の夕食も鍋にするつもりだった。

「じゃあ、また」

「鍋、楽しみね」

「さよなら」

「さよなら」

二人は手を振って別れた。

その数分後、片方の母親は笑いながら踏切に飛びこんで、死んだ。

＊

痣里はさらに仕掛けを続けた。

忌まわしいものが描かれた絵に、黒形上の肉声をかぶせていく。

「おれは呪う。まだ真実を知らない者たちを」

異形の芸術家の声が響く。

「おれには黒い血が流れている。大いなる闇から滴る血だ。その黒き血を絵の具に溶かして、この世界を黒一色で塗りつぶしてやる」

そうだ、塗りつぶしてやる。

痣里は笑みを浮かべた。

(その黒き血を墨に溶かして、この世界を黒一色で塗りつぶしてやる)

そこまで考えたところで、痣里の表情がふと変わった。

それは暗黒寺の住職がついぞ見せたことのない顔つきだった。おのれが何者であるか、不意に思い出せなくなってしまったような、おそれの色が浮かんでいた。

ぬるくなった残りのコーヒーを飲み干すと、瘂里はさらに作業を続けた。

「この虚栄の市、虚栄の国、虚栄の世界に災いあれ。おれは……人間と淵源を異にするこのおれだけは、偽りの世界を拒絶する。惰眠をむさぼる微温的な世界に黒い亀裂を生ぜしめ、斜線を引き、あらゆる文脈に読点を打って寸断し、一気に引き裂いてやる」

そう、引き裂いてやる。

瘂里の手がやにわに動き、虚空を引き裂いた。

(惰眠をむさぼる微温的な世界に黒い亀裂を生ぜしめ、斜線を引き、あらゆる文脈に読点を打って……)

そこまで考えたところで、瘂里は不意に振り向いた。

一昨年あたりから、飛蚊症《ひぶんしょう》の症状に悩まされてきた。そのせいで、いま喫茶店を人が出ていったように見えた。

自らの首を胸に抱き、悠然《ゆうぜん》と歩み去っていく男のうしろ姿が見えたような気がした。

だが、それは一瞬のまぼろしだった。瞬きをすると、そこにはだれもいなかった。

それでも、声は響きつづけていた。

「……一気に引き裂いてやる」

その声は、瘂里の脳髄の芯から響いていた。

＊

「完成したわね」

明が感慨深げに言って、壁画のある部分を指さした。

そこには白でサインが入っていた。

Ei Katagami

そう読み取ることができる。

大作壁画は間に合った。完成したからこそ、作者のサインが入っている。

「これだけの作品を完成させたんだ。そりゃ、倒れもするさ」

光がそう言ってうなずいた。

絵の中から「これでいい」という声が聞こえなければ、影はサインを入れることができない。まわりから見ればもう完成しているように思われても、じっと絵を見つめ、ときおり思い出したように筆を動かしたりする。

今回はタイムリミットが迫っていた。制作が遅れたため、内覧会の期間を短縮したが、もうこれ以上は難しい。そのぎりぎりのところで、影は筆を執り、壁画の片隅に自らの名を記した。

ほっとしたのも束の間、今度は影が倒れた。

サインを入れた絵筆を握ったまま前のめりに倒れたから、現場に居合わせた光と安乗設備主任は大いにあわてた。

急いで救急搬送された影は精密検査を受けた。幸い、脳や心臓などに問題はなく、極度の過労によるものという診立《みた》てだった。点滴を打ち、念のために入院していまは静養につとめている。

「でも、影クンが無事でよかった」

明はそう言って、一つ大きな息をついた。

大飯を食らったり、男装の麗人どころか男っぽいところも見せる明だが、こと影の話になると急に女っぽい顔つきになる。光はそんな妹の感情にもちろん気づいてはいるけれども、口をはさむことでもないから知らない顔をしていた。

「内覧会のパーティや展覧会が始まってからの公開インタビューなどは、体調によってはキャンセルすればいいだろう」

「そうね。いちばんの役目は終えたわけだから」

明はそう言って、まだ絵の具が乾ききっていないところもある壁画を指さした。

描かれているのは、一見すると抽象画だが、ある具象に気づきさえすれば、にわかに壮大な風景画に変貌する。そういう意味では、かつてない規模で描かれた巨大なだまし絵であるとも言えた。

ある具象とは、岩だった。

世界でその岩だけが孤塁《こるい》として残っている。あとは暗黒の濁流《だくりゅう》に呑みこまれてしまった。希望は何もない。

そんな終末の図のようにも見える。

夜だ。

月明かりも星の光もない。すべては暗黒に閉ざされている。

世を覆いつくしているのは大いなる闇だ。その彼方では、あまたの名状しがたいものが跳梁している。ありとあらゆる忌まわしいものが蠢いている。

見える。

たとえ実体は描かれていなくても、その断片が見える。気配が伝わってくる。

岩だけが取り残されている世界では、いたるところで渦ができている。何の望みもない絶望と無の渦だ。小さな渦が大きな渦に溶け、また無数の小さな渦に分裂していく。

その渦は闇の彼方で蠢くものたちとも通底している。古きおぞましいものたちは、ひとたび時が至れば、岩を取り囲む水の流れの中から腐った触手のごときものを次々に突出させてくる。

では、この世界に望みはないのか。

その答えを、影は描いた。

美術調律者のたましいをこめ、岩をかすかに光らせたのだ。

望みは、ある。

この世界が悪しきもので埋めつくされてしまっても、忌まわしい神しか存在しなくなっても、それでも望みはある。

せんじつめれば、それがこの大作壁画のテーマであり、作者からの強烈なメッセージだった。

「この絵は見るたびに変わるな」

光が腕組みをした。

同じ画家として少々悔しいが、何度生まれ変わってもこんな絵を描くことはできないだろう。

「光る岩から、音符が飛び散っていくみたい」

明は長い指を動かし、指揮をするしぐさをした。

「音符か」

「そう。闇を切り裂いて、祈りの音が飛んでいくの」

明はそう言って、岩から飛び散る線を指さした。

激しい筆致《ひっち》で描かれた線にのみ、赤や黄色の暖色が用いられていた。岩の内部から吹き上がってきたかのような色だ。

「たしかに、動かない岩、つまり作者の分身のごときものから、祈りの色が飛び散っているように見える」

光はうなずいた。

「黒形上赤四郎の映画は観る麻薬と言われたそうだけど、影クンが描いたこの壁画は違う。言ってみれば、観る交響曲ね。第一楽章から第四楽章まで、一つの平面のなかですべて表現されてる」

「まさに、天才の所業だな」

「ほかのだれにも描けないと思う。絵筆でこの世界を美しく調律できる人しか、この絵は描けない」

明の言葉に力がこもった。

「その天才が、タイトルにこめられた思いを胸に描いた大作だ。二度と同じものは描けないだろう」

光はできたばかりのパネルを指さした。

そこには、こう記されていた。

祈り

＊

内覧会の当日、退院したばかりの影が美島画廊に姿を現した。

黒に近い深い青、ミッドナイトブルーのスーツをまとった青年画家は、いくらかほおはこけていたが、ひとまず普通に歩いていた。その様子を見て、一同は胸をなでおろした。

「はい、影君、魔法のスープね」

美島ユミが湯気を立てているカップを渡した。

「ありがとう」

影はしっかりと答えて受け取った。

「あいさつなどは無理をしなくていいよ。館長さんも了解済みだそうだ」

美島孝が穏やかな声音で言った。

「前に倒れたことがあるからな」

光が言うと、影はうっすらと笑みを浮かべた。

あれは姫路の美術館で行われた合同展での出来事だった。あのころに比べると、影はずいぶん成長した。

「昨日の打ち合わせのことは言わなくていいの？パパ」

影がスープをあらかた飲み終えたところで、少しじれたように明が口を開いた。

「まあ、追い追いだ」

孝が答える。

昨日は橋上進太郎と三ヶ木教授が来訪し、内覧会からオープニングにかけての作戦会議がなされた。

平原を中心として拡散する「死の特異点」は、その後も着実に増えつづけていた。どうやら暗躍しているのは暗黒寺の住職のようだが、自らの意思だけで動いているとは考えづらい。おのれの芸術を崇拝する者の存在を乗っ取り、意のままに操るのは黒形上赤四郎の常套《じょうとう》手段だ。

「打ち合わせがあったんですか」

影のほうからそう切り出したから、光と明は思わず顔を見合わせた。

「もう一杯、いかが？　影君」

母親代わりのユミがたずねる。

「じゃあ……いただきます」

影はカップを差し出した。

「はい。いくらでも飲んでね」

「やっぱり魔法のスープだな」

「心なしか、顔色もよくなったぞ」

孝と光の言葉に、明も笑みを浮かべた。

「で、打ち合わせの件だが」

二杯目のスープが届いたところで、孝が切り出した。

「橋上さんはほかにも国家的プロジェクトをかかえているから平原には来られないんだが、黒形上の悪霊を退治する好機ととらえ、できるかぎりの手を打つことを明言してくれた」

影がうなずく。

「会場には、安倍美明君を筆頭とする現代の陰陽師たちがひそかに入ってしかるべき結界を張り、『存在のステージを超えた』と称している黒形上赤四郎を迎え撃つことになっている」

「安倍クンが筆頭って、なんだか頼りないわね」

明が率直に言う。

「でも、霊力には疑いがないんだから」

と、光。

「そりゃそうかもしれないけど」

明は首をかしげた。

少し沈黙があった。

その沈黙を破ったのは、影だった。

ゆっくりとカップを置くと、青年画家は言った。

「戦うのは、ぼくだから」

色素の乏しいその瞳には、勁《つよ》い意志の光が宿っていた。

「無理しないで、影クン」

明が案じる。

だが、影はゆっくりと首を横に振った。

そして、何がなしに預言者を彷彿《ほうふつ》させる口調で言った。

「これは、美術調律者としての最後の戦いになるだろう」

＊

内覧会はパーティを兼ねていた。

あらかじめリストを作り、厳選した招待客は、午後五時ごろから一人また一人と受付に姿を現した。

何人かのスタッフが受付に常駐し、紹介状を受け取ってパンフレットを渡す。初めは影の直筆デッサンを各人に渡すことになっていたのだが、壁画の制作が遅れたため間に合わなかった。

帰りには土産として図録が渡される。そこにサインを入れる作業だけはどうにか間に合った。

「ようこそいらっしゃいました」

学芸員の大豆生田茜も受付に立っていた。客が来るたびに礼をし、記帳を求める。客はサインペンか筆ペンを選び、自らの名前を記す。

三ヶ木教授や安倍美明の名前もあった。むろん、美島孝・光・明も記帳を済ませ、開会前の歓談にかこつけた影のサポートを行っていた。

ウエルカムドリンクのワインを飲みながら、当たり障りのない話をする。以前に比べれば世界と親和してきたとはいえ、社交は影の苦手とするところだ。まわりがサポートしてやらなければならない。

そのせいで、受付にまでは気が回らなかった。

招かれざる客の影は、さりげなく忍び寄っていた。

大豆生田茜の前に、一人の初老の男が現れた。

学芸員は続けざまに瞬きをした。

目の前に現れた僧形の男が、もう一枚衣装をまとっているように見えたからだ。さながら光背《こうはい》のごとくに、うしろに何か背負っている。

「ご招待状を拝見します」

大豆生田学芸員は軽く首を振ってからたずねた。

「忘れた」

目つきの鋭い男は、ぶっきらぼうに答えた。

「では、お名前を……」

と、招待客リストをあらためようとした学芸員の顔を、客は正面からじっと見つめた。

大豆生田茜のほおのあたりに、微妙なさざ波めいたものが走る。

もう一人の受付が何か言いかけてやめた。客にぎろりと見られて、ふっと虚ろな表情になった。

招かれざる客は、署名を終えると、堂々と会場へ入っていった。

署名の文字はひどく崩されていて、容易に判読することができなかった。

のちに、筆跡鑑定士が解読を試みた。

その結果、判読された名前は「痣里正胤」ではなかった。

「黒形上赤四郎」だった。

＊

「あいつも来てるんだ」

光が小声で言って、僧形の男を指さした。

「安国寺の住職の痣里正胤ね。だれが呼んだのかしら」

明が首をかしげる。

「さあな。いま館長としゃべってるから、そのあたりのつてかもしれない」

痣里はグラスを片手に、右田館長となにやら立ち話をしていた。

「影クンは大丈夫そうね」

明がちらりと指さした。

いまは孝と三ヶ木教授にガードされるかたちで、美術評論家とおぼしい男に挨拶している。近くに椅子はあるが、座らなくてもよさそうな体調に見えた。

「おっ、陰陽師が動きだしたぞ」

「声が高いわよ、お兄ちゃん」

明がすぐさまたしなめた。

安倍美明が部下を伴い、あわただしく会場から出ていった。

明るい茶髪で、くだけて言えば「チャラい」雰囲気の若者だが、現代の陰陽師としての霊力はたしかだ。

ちらりと見えた顔つきは、あまり普段は見せないものだった。結界を張り、影と出席者たちを守る。そして、もし黒形上の悪霊が現れたら召し取るのが今日の目的だが、早くも何か動きがあったのかもしれない。

ほどなく、右田館長の手にマイクが渡った。

「定刻となりましたので、これより形上影先生の展覧会の内覧パーティを始めさせていただきます」

　エントランスホールに集まった招待客の注目が集まる。

「わたくしは当館の館長の右田と申します。僭越《せんえつ》ながら、本日は司会をつとめさせていただきます」

　控えめな拍手がわいた。

「簡素なもので恐縮でございますが、お飲物と軽食をご用意させていただきました。セレモニーのあとは展示をご覧いただき、お帰りの際には形上先生の直筆サイン入りの図録をお持ちいただければと存じます」

　右田館長のスピーチにはよどみがなかった。

　エントランスの真向かいには、完成したばかりの壁画が飾られていた。なかには館長に背を向け、「祈り」と題された大作に見入っている者もいる。

「では、さっそくでございますが……」

　館長は影のほうを見た。

　美島孝がうなずき、「大丈夫」と告げた。

「今回、初めて美術館規模の大きな展覧会を催されます形上先生からスピーチをたまわりたいと存じます」

　今度は盛大な拍手がわいた。

　だれよりも勢いよく手を拍《う》っていたのは明だった。長身の美女だからひときわ目立つ。

　影はゆっくりとマイクを握った。

　そして、一つ大きな息をついてから口を開いた。

「形上影です」

　そう名乗ったとき、初めの異変が起きた。

　エントランスの照明が急に暗くなったのだ。

　さらに、明滅する。ついぞない事態だった。

「……安乗君」

　館長が設備主任の名を呼んだ。

　安乗がすぐさま裏手に向かう。会場がざわめきはじめた。

そのなかで、まったく動じていない者がいた。

痣里だった。

強引に入りこんできた暗黒寺の住職は、瞬きをしていなかった。双眸《そうぼう》を開き、じっと影をにらみつけていた。

「最後に完成した壁画に……」

影は気丈に続けた。

「ぼくは『祈り』というタイトルを与えました」

影のスピーチを、光と明はかたずを呑んで聞いていた。

言葉が出てこないという恐れはとりあえずなくなった。だが、まだ楽観はできない。影の場合、順調に思われたスピーチが途中で自問自答やモノローグになってしまうこともあるのだ。

「その『祈り』が……」

照明がまたひときわ暗くなった。

設備主任がいかに操作をしても無駄だった。それは電気系統の不調によるものではなかった。

「色となり、形となり、あるいは音や言葉となって、鑑賞される方に伝わることを願っています」

影はそう言って頭を下げた。

スピーチが滞りなく終わり、光も明もほっとした表情になった。

拍手がわく。

しかし、安堵は束の間に終わった。

拍手が静まったとき、会場の一角でパリンという乾いた音が響いた。

近くで短い悲鳴がもれる。

招待客の一人が、グラスを手で握りつぶしたのだ。

それは、痣里正胤だった。

＊

暗黒寺の住職は笑っていた。

グラスの破片が手のひらに深々と突き刺さり、血がほとばしっても、痣里正胤は耳障りな笑い声をあげていた。

「何が『祈り』だ」

野太い声が響く。

それは痣里のものではなかった。肺腑《はいふ》をえぐるような声が、どこか遠いところから響いた。

「出たわ」

明が短く言った。

孝がうなずく。

美島画廊主として、短い蜜月時代もあった。その声を忘れるはずがない。

いまの声は、まぎれもない黒形上赤四郎のものだった。

悲鳴が交錯《こうさく》した。

天井《てんじょう》の照明が弾け飛び、列席者の上に降り注いだのだ。

「おまえの『祈り』など、おれが黒く塗りつぶしてやる」

黒形上に人格を乗っ取られているとおぼしい痣里は、血まみれの拳を振り上げた。

「塗りつぶされるのは、おまえだ」

影が逆に鋭く指さした。

「そうよ。ここは影クンの展覧会、美しく調律された世界なの。あなたのような野蛮人は出て行きなさい」

明が身ぶりをまじえて言う。

「黙っていろ、小娘」

黒形上は鼻で嗤った。

「おれは野蛮人などではない。おれの血の淵源をたどれば、人類ではない、いと黒きものに逢着する。このおれにだけは、そして、形上影と名乗っているおまえにも、黒い蚯蚓のような血が流れているのだ」

「あんただけだよ」

今度は光が言い返した。

「影には赤い血が流れてる。おれは知ってる」

「フン」

再び鼻で嗤うと、痣里の頭部がゆらいだ。

福禄寿《ふくろくじゅ》のごとくに、やにわに縦に長くなったように見えた。

いままで冷笑的だった暗黒寺の住職の表情が一変した。それは、全人格が渦に巻かれ、完全に埋《まい》没《ぼっ》する間際に見せた、オリジナルな人格の最後の輝きだった。

痣里正胤の顔に最後に浮かんだのは、恐怖だった。

いままさにおのれがおのれでなくなってしまう。人格を消去されてしまう。そんな根源的な恐怖だった。

だが……。

それは一瞬で消えた。

痣里正胤のオリジナルな表情は完全に埋没した。

「きゃあっ」

明が悲鳴をあげて目を瞠った。

住職の体が微妙に揺れたかと思うと、だしぬけにその頭部が裂けたのだ。

内側から、何かが抜け出してくる。暗黒寺の住職の肉体を引き裂きながら、黒一色の預言者が姿を現そうとしていた。

血がほとばしり、脳漿が飛び散る。

引きずり出された血管が虚空で蠢き、出席者のほおを鞭打つ。

内臓は寸断され、骨は断片と化した。

そのおぞましいものが虚空に飛び散り、人々の上に惜しみなく降り注ぐ。内覧会の会場は、阿鼻《あび》叫喚《きょうかん》の地獄と化した。

痣里の眼球がべっとりと顔に貼りついた老婦人

が失神する。

口に脳漿が入ってしまった美術評論家が、たまらずしゃがんで嘔吐《おうと》する。

そんな地獄のただなかに、燐光《りんこう》を帯びた影《かげ》が現れた。

切断された首をわが胸に抱く異形の存在が、忽然《こつぜん》と姿を現した。

それは、黒形上赤四郎だった。

＊

「観にきてやったぞ」

一度聞いたら忘れない、ざらざらした声で黒形上赤四郎は言った。

遠い昔、黒形上はアトリエで猟奇《りょうき》事件を起こした。コロニーを形成していた女たちを惨殺し、解体した四肢を筆代わりに使っておぞましい絵を描いた。

同時に、それは密室の不可能犯罪のごときものでもあった。当時のアトリエは完全な密室状態だった。黒形上のなきがらが発見されたが、頭部と心臓だけはどうしても見つからなかった。

ありえざることだが、黒形上自身が心臓を抜き取り、首を切断していずこかへと持ち去ったとしか思えない状況になっていた。ただでさえ酸鼻を極めた現場だ。当時の捜査員のなかには精神に変調を来した者までいた。

そのときと同じ姿で、黒形上は美術館のホールに現れていた。

「ありがたく思え」

切断された首、その唇が動き、しゃがれた声が発せられる。

「おまえには描けまい」

悪霊の父に向かって、影は傲然と言い放った。

「何だと？」

黒形上が目をむいた。

「ぼくは絵筆で世界を調律する。おまえの作品のような醜く悪しきものの上から、祈りの絵の具を塗りこめる」

影はまっすぐ父の目を見て言った。

「この子供だましの絵でか？」

黒形上はそう挑発すると、痣里の残骸《ざんがい》を足で振り払った。それはもう残骸としか呼びようがなかった。

早くも救急車のサイレンが近づいてきた。照明が砕け散ったことにより、ケガをした者が相当数いる。内覧会のパーティはもちろん中止だ。

美島孝と右田館長が動いていた。美術館の入口に向かい、警察の到着を待つ。

「外では特殊部隊が結界を張っています。一応のところ、黒形上の悪霊は網にかかっている状態です」

孝が口早に説明した。

安倍美明は美術館の屋上に上っていた。秘中の秘の印を結び、部下とともに結界を張る。

それは黒形上の退路を断つ動きだった。彼方の大いなる力を召喚させてはならない。悪霊を孤立無援の状態にすれば、少なくとも致命的な事態にはなるまい。

「では、どうすれば退治できるんでしょう」

右田館長が問うた。

「それがわかれば、いままであいつに好き勝手はさせていません」

孝の眉間に縦じわが刻まれる。

「ただ、これだけは言えます」

「どんなことでしょう」

館長の問いに、美島画廊主はひと呼吸置いてから答えた。

「黒形上の悪霊を退治できるとすれば、遺児の影君しかいないでしょう」

＊

その形上影に向かって、黒形上赤四郎は指を突きつけた。

「おまえはなぜ血の淵源を描こうとしないのだ」

「描こうとしたことはある。しかし、それはぼくの絵ではなかった」

影は冷静に答えた。

「おまえの絵だと？　人間のふりをして、『祈り』などというおためごかしの壁画をよく描けるな」

黒形上が嘲笑する。

「影クンは人間よ。人でなしはあなただけ」

明が指さす。

「黙っていろ、小娘」

悪霊は重ねて言った。

「形上家の血の淵源をたどれば、大いなる闇に逢着する。黒い血の渦の中に、人類ごときの知性では認識することができない超越的存在が立ち現れる」

影のほうを向き、黒形上はさらに続けた。

「われわれは人間ではない。この偽りの世界をすみやかに終わらせ、人類によって蹂躙された世界をまた始原の黒で塗りつぶしてやるのだ。『祈り』などというものは迷妄にすぎない。目を覚ませ」

父の言葉に、息子は正面から言い返した。

「ぼくは人間だ。少なくとも、人間の友だ」

凛とした声だった。

光は胸が詰まった。

同じ境遇だったとすれば、そんな思いを抱くことができるだろうか。黒形上のように、この世を終わらせてやろうと思うのではなかろうか。

「裏切り者め」

黒形上は吐き捨てるように言った。

「おまえは形上家の血から逃れることはできない。一族はことごとく呪われた死を迎えた。生き延びたのは、存在のステージを超えたこのおれだけだ」

「違う」

影はただちに否定した。

「ぼくも、生きる。美術調律者として、悪しきものを召喚しようとするおまえに最後の戦いを挑む」

その言葉を聞いて、黒形上赤四郎は哄笑した。切断された頭部の口をいっぱいに開けて、耳障りな笑い声を響かせた。

「ならば、これを調律してみよ」

黒形上はそう言うと、首を左手に移動させ、やにわに右手を挙げた。首が切断されているだけに、その姿はひと目見ただけで吐き気がするほどおぞましかった。

右手が動く。

周りの空気がゆらいだかと思うと、不意にあるものが現れた。

脚だ。

黒形上は切断された女の脚を握っていた。

「これはおまえの母親の脚だ。おれがバラバラにしてやった」

黒形上が得意げに言うと、影の表情が変わった。

影は実の母親を知らない。人生最初の記憶は、母の血を含む惨劇の場だ。幼い影は血だまりのなかで泣いていたのだ。

その母の脚を得意げにかざし、黒形上赤四郎はなおもこう言い放った。

「この筆を使って、おれは絵を描いてやった。おまえの壁画はぬるくて目も当てられないから、おれが描き足してやろう」

黒形上はそう言うと、大きな筆代わりの脚を壁画に向けた。

「まやかしよ」

明がやにわに指さした。

「そんなもの、使えるはずがないじゃないの」

「そうだ。実際の脚はこの世に存在しないはず。おまえはありもしないまやかしを見せているだけだ」

光も加勢する。

だが、黒形上はまったく動じなかった。

「おまえらは頭が悪いな。ひとたび存在のステージを超えれば、無を有に変えることなどいともたやすい。そして、彼方の大いなる闇と通底することも」

黒形上はいったん言葉を切り、脚の筆を壁画に突きつけた。

「見ていろ」

黒形上はゆっくりと手を動かしはじめた。

会場に残り、恐る恐る事態を見守っていた者たちの口から悲鳴が放たれた。

壁画が動き出したのだ。

もう乾いているはずの絵の具が波立ち、ゆっくりと渦を巻きはじめた。

絵の具の一部は剥落《はくらく》し、つぶてとなって人々を襲った。逃げ遅れた者の口からまた悲鳴がもれる。

「よせ」

影は前に進み出た。

母の脚を用いて壁画を崩そうとしている父を止めようとした。

だが、その手に筆はなかった。徒手空拳《としゅくうけん》だ。

「影クン、これを」

それと察して、明が指揮棒を渡した。

いつどこでもイメージ練習ができるように、女性指揮者は指揮棒を携帯している。

そのたった一本の細い棒で、影は悪霊の父に立ち向かおうとしていた。

「わが色よ、形よ、平面と厚みよ、目覚めよ」

自作の壁画に向かって、影はそう訴えかけた。

黒形上赤四郎は哄笑をもって応えた。

「目覚めたところで、つまらぬ『祈り』とやらを捧げるだけだろう。おれが真に目覚めるべきものを目覚めさせてやる」

黒形上はそう言うと、頭部を首に据えた。

ただし、前後が逆だった。背の向きに顔がついていた。ひどくおぞましい姿だ。

「大いなるものよ、目覚めよ」

黒形上は両手を挙げた。

「闇の彼方よりひそかなる道筋をたどり、わが元型を憑代《よりしろ》として〈いま、ここ〉に至れ。愚かなる人類の群れに鉄槌《てっつい》を下せ」

黒形上の手が顔とは逆側で動いた。

脚が揺れ、壁画がまた変容した。

「あれは……」


光が指さす。

「読点だわ」

明が目を瞠った。

、、、、、

ぽつり、ぽつりと、巨大な読点が壁画に現れていた。

色はさまざまだ。赤や青の原色が多い。影が使うことのない、陰影に乏しい単調な色ばかりだ。

影も手をこまねいてはいなかった。

明から託された指揮棒を、読点に向ける。

「汚れた形は、失せよ」

気合をこめると、一つの読点がふっと消えた。

まるで指揮棒の先から見えない光が照射されたかのようだった。

しばらくは攻防戦が続いた。

悪霊の父が読点を描き、影が消す。楽譜に加えられた不協和音を消し去り、また美しい和音を響かせる。

ここで数人の平原署員が乱入してきた。

黒形上赤四郎が悪霊であることは、あまねく世に知れ渡っているわけではない。警察官は内覧会パーティの場に侵入した不審者と見なし、黒形上を逮捕しようとしたのだ。

当然のことながら、黒形上は鼻で嗤った。

そして、首を両手で虚空に差し上げて仰天させてから言った。

「大いなる闇に棲むものよ、いと黒きものたちよ、ここに至り、愚かなる人間どもを駆逐せよ」

野太い声でそう告げたが、何も変化は起きなかった。

名状しがたいものたちが、いずこかより這いうねりながら闖入してくる――そんな光景にはならなかった。

「結界が張られてるの」

明が胸を張った。

「そうだ。おまえはもう袋の鼠《ねずみ》だぞ。霊的国防のスペシャリストが何百人もこの美術館を取り囲んでるんだから」

光が少し下駄を履かせて告げた。

黒形上の顔にさざ波めいたものが走った。周到に結界が張られていることは、どうやら予期していなかったらしい。

「まあ、今日は内覧会だからな」

黒形上赤四郎はそう言うと、首を胸の位置に戻した。

「一日も展覧会を開けずに終わるのでは、おまえも情けないだろう。今日のところは見逃してやる」

女の脚が消えた。

どうやら矛を収めるようだ。

「ただし、猶予《ゆうよ》を与えるだけだ。世が終わるまでの時間を、せいぜい大事に生きろ」

そう言い残すと、黒形上赤四郎の体を覆っていた燐光が激しく明滅しはじめた。

「待て」

警察官が駆け寄る。

その目の前で、悪霊の姿はだしぬけに消えた。

最後に残った読点を、影は指揮棒を向けて消した。

壁画は旧に復した。

それは以前と同じ「祈り」だった。

レベル6

希求する光、存在の影

忌まわしい場所

そこは忌まわしい場所だ。
だが、過去にそこで何が起きたか、人が知ることはない。
そこは忌まわしい場所だ。
よく目を凝らすと、ひどく薄い、顔のようなものが
貼りついている。
白い目で、薄ら笑いを浮かべている。
そこは忌まわしい場所だ。
かつてそこに、名状しがたいものが降り立ったことがある。
その姿を、人が正しく認識することはない。
名称も発音することができない。
忌まわしい場所は遍在する。
宇宙の果ては、遠い彼方ではない。

『黒形上赤四郎詩集』より

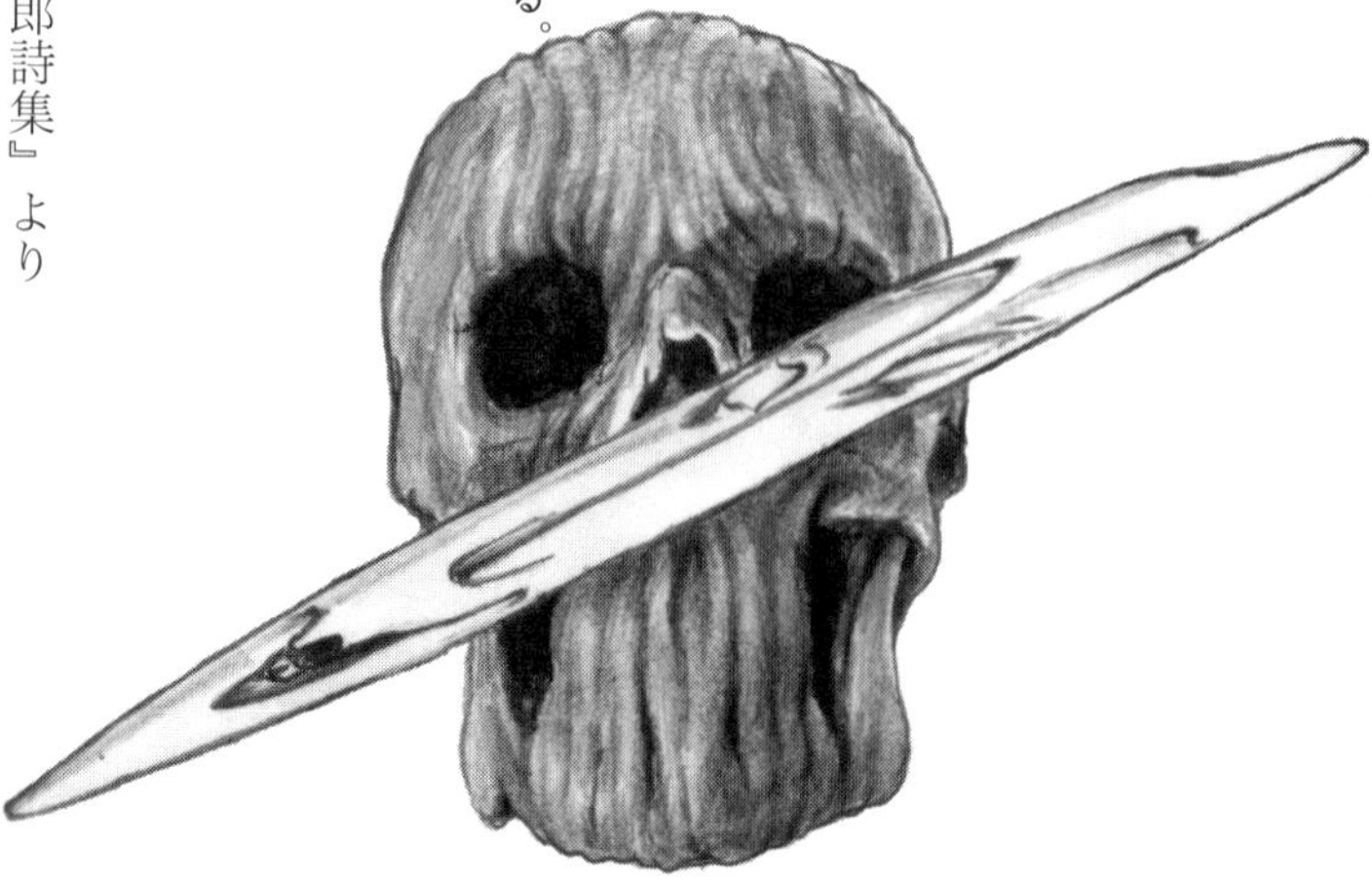

瘧里正胤の怪死は、自爆と見なされた。

そう見なすのは無理があったが、緊急事態を受け、橋上進太郎が必死の根回しで事態の収拾と隠《いん》蔽《ぺい》につとめたのだ。

内覧会のパーティゆえカメラも入っていたが、映像はすべて封印された。暗黒寺の住職は、なんらかの理由で自爆テロを行って死んだことになった。

繊細な影の体調が案じられたが、疲労の色は見えるものの、しっかりと自分の脚で立っていた。

内覧会パーティの翌日は美術館の休館日で、その翌日から展覧会が始まる。いざ会期が始まると、ホスト役の影はギャラリートークに出たりパフォーマンスを行ったりしなければならない。そこで、念のために今晩から検査入院し、点滴を打って静養してから臨《のぞ》むことになった。

結界を張っていた安倍美明とその部下の疲労も色濃かった。黒形上が大いなるものを召喚できないように結界を張る作業だから、その精神には多大なる負荷がかかる。一日の休養で回復するとはとても思えない。展覧会の幕開けが近づいたが、憂《ゆう》慮《りょ》すべきことは多かった。

「とにかく、兆《きざ》しを見逃さないようにしないと駄目だな」

その晩、画廊のリビングでニュースをチェックしながら、美島孝が言った。

「黒形上が出現する兆しってこと？」

明が問う。

「そうだ。まさか入口でチケットを買って入ってきたりはしないだろう」

「あの顔でおとなしく並んでたら不気味だろうな」

と、光。

「こればっかりは、いくら警備員を増やしても効果がないからな。敵は神出鬼没の悪霊だから」

「しかも、今回の影の展覧会はタイトルが『希求する光、存在の影』で、会場が暗くなっているところが多い。そこからぬっと現れたら、いきなり正面からの勝負になってしまう」

「勝負って言っても、闘うのはお兄ちゃんじゃないからねえ」

明が腕組みをした。

「黒形上と戦えるのは、影しかいない」

光がそう断言する。

「でも、もう一つあるかもしれないよ」

明がすぐ腕組みを解いた。

「もう一つ？」

「うん。人を人とも思わない黒形上が恐れているものがただ一つある。どう呼べばいいかわからないけど、あの男の血の淵源でもある大いなる闇に棲む種族よ」

「それは影の血の淵源でもあるけどな」

「でも、影クンは人間になろうとしている。この美しい世界を護ろうとしている。そこが、悪霊の父とは決定的に違う」

「ああ、完璧に違うな」

光はうなずいた。

「父親はこの世界を黒一色に塗りつぶして終わらせようとしている。自分以外の存在がすべて馬鹿に見える病気に罹《かか》ってるんだ。あいつは独我論の化け物だから」

孝は吐き捨てるように言った。

「ま、あの特異な血筋だから無理もないのかもしれないが、『それでも美術調律者として生きる』息子の爪の垢《あか》を煎《せん》じて飲ませてやりたいくらいだよ」

「物事は単純化して考えたほうがいい場合も多

い」

　光はそう言って、軽く両手を打ち合わせた。

「どう単純化して考えるの？」

　明が訊く。

「黒形上は大いなる闇に棲む種族を召喚してこの世に致命的な災いをもたらそうとしている。しかし、それと同時に、闇なる種族、さらにその奥深くに棲むものを恐れてもいる。ならば、黒形上と最奥部に秘められたものが、どうしても戦わざるをえないような状況をセッティングすればいいわけだ」

「影クンじゃなくて、本当に邪悪なものと戦わせるのね」

「そう。あるいは、忌まわしいものたちが跳梁する血の淵源へ下りて行かせるとか」

「言うは易し、だが」

　孝は首をひねった。

「たしかに、そんなことができるとはとても思えません。でも……」

　兄の言葉をさえぎり、妹が続けた。

「きっとできるわ。影クンなら」

＊

　幸い、影の体調には問題がないようだった。

　チーム美島の面々は、順路に従って展覧会場を回り、最終チェックを行うことにした。開催期間は現代の陰陽師たちを要所に配置し、黒形上の悪霊の動きを封じなければならない。別のプロジェクトにきりをつけてかけつけた橋上進太郎も、前線に立つ安倍美明も、しきりにメモを取りながら入念にチェックを行っていた。

入口には大きな影の写真ボードが据えられている。

影自身はあまり乗り気ではなかったのだが、ミュージアムショップで写真入りのポストカードやバインダーなどを発売している。まだ開催前だというのに、すでに品薄になるほどの人気ぶりだった。

「早くも美術以外のメディアから取材の申し込みがいくつか来ております」

右田館長が言った。

「うちの画廊も影君のエージェントをしているもので、有名人を使ったインスタントコーヒーのコマーシャルのたぐいがいろいろ来てますよ」

美島孝が笑う。

「そう言えば、どさくさにまぎれてコマーシャルのモデルに手を挙げて却下されてた女性指揮者がいたなあ」

光が言った。

「ほほほ、だれのことかしら」

明が芝居がかったしぐさで答えたから、場に和気が満ちた。

あとは大豆生田学芸員と安乗設備主任、それに、いささか畑は違うが三ヶ木教授も随行している。霊的国防の長の橋上と大いなる闇の種族に関する研究者は、さきほどから声をひそめて相談を繰り返していた。

入口のパネルに記されたイントロダクションの言葉は、影が自ら執筆した。もっとも、初稿はモノローグに近かったから、もっと観客とのダイヤローグになるように、いくたびか書き直してもらった。

それでも、提出されたのは、半ば詩のような言葉だった。

希求する光、存在の影
EI KATAGAMI　all works

捨て去られる運命を免《まぬが》れたぼくの作品は少ない。

間違ってもそれは生の証などではない。

あるいは錯覚であり、妄想であり、何かの致命的な誤認であるかもしれない。

それでも、作品はぼくの筆を離れ、こうして自立した。

願わくば、ぼくの手から生まれたささやかなものが、この不協和音に満ちた世界をわずかなりとも調律してくれることを。


「影クンらしいわねえ」

あらためてボードを見て、明が言った。

「もっと『われこそは美術調律者なり』と大きく出てもよさそうなものだがな」

と、光。

「大きく出るとしたら、父親の前だけね」

「普段はいたって控えめだ。まあ、それが影らしい奥ゆかしさだろう」

光はそう言って、第一展示室に向かった。

展覧会は編年体で構成されていた。

第一のブロック「未定の時代」には、影が十代で海外の有力トリエンナーレ（三年に一度開かれる美術展覧会）に続けて入選し、脚光を浴びた若描きの作品が集められていた。もっとも、意図的に伏せられている情報もあった。形上影が黒形上赤四郎の遺児であることは周知の事実だが、この展覧会の年譜では、その事実にはたった一行しか触れられていなかった。

黒形上がかつて猟奇的な事件を起こした悪霊であり、いまなおその影響力を行使していることも、世に広く知られた事実だった。黒形上のせいで落命にいたった者も多い。それを慮《おもんぱか》って、黒形上の遺児であることは前面に出さないようにしたのだ。

影はとくに気にしていなかった。むろん、父が黒形上であることは誇りではないが、隠すべきことではなく、逆に十字架のごとくに背負うべき血の業《ごう》であると考えているふしもあった。しかし、なかには黒形上の息子だという表面的な一事をもって展覧会の開催に反対するような輩《やから》もいる。ピュアな影とはかかわりのないそういった政治的な判断で、黒形上の遺児だという事実には封印《ふういん》に近い措置《そち》が取られたのだった。

「作品数が少ないから、構成にも苦労の跡が見えますね」

三ヶ木教授が言った。

「その分、トリエンナーレ授賞式の映像や制作風景など、小さなブースが増えています。逆に、そのあたりが……」

橋上が言葉を吞みこんだ。

「悪霊の狙い目になるかもしれませんね」

比較神話学を専門とする教授は、橋上がぼかしたところをはっきりと言った。

大いなる闇の種族を召喚しようとしたのは、黒形上赤四郎の兄の形上太郎が嚆矢《こうし》ではない。邪悪なる神の爪痕《つめあと》は、歴史を丹念に繙くと、石の裏側から脚の多い虫が現れるようにおぞましい姿を現す。もし万一、自らの血の淵源である邪神の召喚を黒形上が試みても、それを封印するいくつかの手立てを教授は知っていた。

ただし、その知識はおおむね黴《かび》臭い古文書《こもんじょ》に記されていたものだ。果たしてどれほどの実効性があるのか。橋上の配下の陰陽師たちと連携することによって、うまく結界が張れるかどうか。これはやってみなければわからない不確定要素が多すぎた。

第一ブロックには習作やデッサンも多かったが、第二ブロック「暗色航海」になると、次々に傑作が現れるようになる。光と明が制作の現場に立ち会い、世に出すにあたっては孝が尽力した絵画も多く含まれている。こうして展覧会の現場で見ると、感慨もひとしおだった。

父親が犯した惨劇の現場で泣いていた影は、その人生最初の記憶を思い出したいと願う一方で、思い出すまいと懸命に抗っていた。その葛藤が表れた絵はひどく暗く、ときには鑑賞者を打ちのめすほどだった。

だが、後年にはその葛藤は見られなくなる。悪霊と対決するようになった影は、ほかならぬ父の口から事実を教えられたからだ。

自分の人生最初の記憶は血の海の中だった。その血は、父が惨殺した母などの血だった。そんな残酷な事実を、影はほかならぬ悪霊の父から告げられた。

試練はそればかりではなかった。悪霊の父を封じることに使命感を抱き、美術調律者として果敢《かかん》にも立ち向かっていった影は、いくたびも手ひどくはね返された。そのたびに、心に傷を負った。

しかし、悪霊の父と戦って敗れるたびに影は成長してきた。その成長の過程も、絵画作品を年ごとに追っていくうちにしだいに見て取れるようになっていた。

深い絶望。おのれの血と出自に対する絶望と、現実感の喪失や違和。

そういったもろもろの要素が暗色の画面に塗りこめられている。

しかし、それればかりではない。闇の中に、幽かに希望の光も仄《ほの》見えるのだ。暗黒が深いだけに、その一条の光が何物にも代えがたく感じられる。形上影の絵画の最も大きな魅力はそのあたりにあるのではないかと光は考えていた。

たとえば、こんな絵がある。

崖沿いの道だろうか、狭く危うい場所を歩んでいる人影がある。右手に広がっているのは夜の海だ。深い藍色に染められた海は波が高く、生命の気配もない。

そんな寂しい場所を月あかりが照らしている。皓々《こうこう》と照る月光ではない。世界にそっと開いた穴からしみじみと漏れるような光だ。

暗い海では船が座礁《ざしょう》し、傾《かたむ》いたままになっている。乗組員の姿は見えない。

弱々しい人影が進む崖沿いの道の彼方に、おぼろげな白い人がたたずんでいる。それが他者なのか、未来の自分なのか分からない。

そんな秘教的で静謐《せいひつ》な絵に、画家は「希望」というシンプルなタイトルを付した。

影はプログラムにこう記した。

行く手に現れたおぼろげな白い人影。ぼくにはそれが扉のように見えた。

いつかその扉を開けることができれば、あるいは幽かな希望の光が見えるかもしれない。

「なつかしいわねえ。姫路の合同展に出した作品だから」

明がしみじみとした口調で言って、中央に据えられたソファに腰を下ろした。

「あのときの出展作はすべてこのブロックにそろってるな」

パンフレットを確認して、光が言った。

「四大《しだい》への捧げもの」と題された四人の若手画家による合同展だった。四大とは地・水・火・風、万物を構成する四つの元素だ。

影にしては珍しい「自画像」は、いかにも暗かった。

顔の半分は文字どおりの「影《かげ》」になっている。

残りの半分も、かろうじて顔の造作がわかる程度で暗い。その部分から、幽鬼のようなまなざしが放たれている。

バックの薄闇には、おぼろげで判然としないものが描かれている。虚空に薄いコートが漂い、いままさに影の肩にふわりとかぶせられる。そんな場面のように見えるが、影は気がついていない。

そんな幸薄い絵だった。

橋上と三ヶ木教授、それに館長たちは、照明の角度にいたるまで入念にチェックしていた。教授の話によると、ある秘教的な角度や色の配合などに乗じて、時空を超越して出現する邪神もいるらしいから恐ろしい。

黒形上赤四郎が固執する元型的イマージュもそうだ。それを憑代として、いったいどのようなものが召喚されるか、予測はなかなかに難しかった。

「このときは、まだ記憶を回復していなかったんだね」

孝が痛ましげにある絵を指さした。

その絵は「記憶」と題されていた。

アトリエのような広い場所に、玩具の断片が散乱している。床の奥のほうは闇に沈んでいるが、そこにさだかならぬものが描かれている。

血が流れている。屍体とおぼしいものから流れてきた血が、壊れてしまった玩具を静かに濡らしている。

「のちには、影はもうこういう絵は描かなくなった」

「思い出してしまったからね、むかしの事件のことを」

と、明。

「思い出したんじゃない。父親の黒形上赤四郎が告げたんだ。嗤いながらな」

光は吐き捨てるように言った。

残る二枚は「出会い」と「灯り」だが、どちらも救いのない絵だった。

ことに暗いのは「灯り」だ。

舞台は灯台を擁する楕円の孤島だ。人影はない。どの屋根にも弔旗《ちょうき》のような黒い旗が立っている。

家に灯りはない。灯台だけが暗い海を照らしている。

絵にはたった一つだけ、人間らしきものが描かれている。ただし、人影ではない。描かれていたのは、海から突き出された救いを求める人の手だった。

橋上たちは途中に設けられている映像コーナーをしきりにチェックしていた。

「何か問題がありますか？」

孝が歩み寄ってたずねた。

絵画制作の模様を撮影した映像や、海外で行われたコンテストの授賞式が字幕入りで紹介されている。もちろん今回の展覧会は作品本位で、世界的な評価を受けている形上影という画家を紹介することが主たる目的だが、類《たぐ》い稀《まれ》な美形として一部では芸能人めいた受容のされ方をしている。それも意識して、影の映像はできるかぎり集めていた。順路の途中に特設ブースがいくつかある。

「ブース自体には問題がないのですが、なにぶん隔離されていますからね」

橋上が渋い声で答えた。

「要注意ポイントということでしょうか」

「率直に言えば、そうですね」

そう答えたのは、三ヶ木教授だった。

「大いなる彼方の闇で波動するものたち、と形上太郎は『一全教真伝』で記していますが、端的に言えば、黒形上赤四郎の血の淵源である邪神たちは何らかの波長をメタファーとするものに乗じて到来します。こういった映像もまた、波長になぞらえられるものに擬《ぎ》せられるでしょう」

三ヶ木教授は学者らしくいささか回りくどい説明をした。

「では、各ブースの配下の者を立たせておきましょう」

橋上が言った。

「霊能者ですね？」

孝の問いに、霊的国防の長はすぐさまうなずいた。

孝はなおも細かい点をたずねていたが、光と明は続きの展示をチェックすることにした。残るセクションはあと二つだ。

三番目の「存在の影」には抽象画が集められていた。すべて暗色で、瞑想《めいそう》的な大作が目を引く。マーク・ロスコやザオ・ウーキーの画風とも一脈通じる秘教的な絵だ。

「いい感じの照明になってるわね。できるだけ光を絞ってるから、ソファに座って観ていると、違う世界へ引きこまれていきそう」

明がそう言ってソファに座り、長い脚を組んだ。

「違う世界か」

光は独りごちた。

展示室の片隅に椅子が置かれている。むろん開催前だからだれも座っていないが、ぬっとそこに黒形上赤四郎が現れ、薄ら笑いを浮かべながらおもむろに立ち上がりそうで、何とも言えない気分になった。

「この連作、あんまり好きじゃなかったんだけど、こういう配列で観ると新鮮に映るね」

明がそう言って指さしたのは、「測量」という素っ気ないタイトルが付された連作だった。黒一色に塗られたキャンバスのほうぼうが測量され、白い線や数字などが記されている。同じ抽象画でも、瞑想的な大作とは明らかに作風が違った。

「この時期の影は迷走してるとか言われてたからな。形上影が荒川修作《あらかわしゅうさく》の真似をしてどうするんだとおれなんかも思ってた」

「でも、こうして観ると、影クンが通り抜けなければならなかった必然的な道なのかもしれない」

「そうだな。おれみたいな凡才にはわからないが、影にとってみれば描く必然性があったんだろう」

光はそう言って、黒いキャンバスに記された白い数字や記号を指さした。

キャンバスの長さをさまざまな角度から測定した数字もあれば、一見すると関わりのなさそうな数式もある。

照明の加減もあるのか、それはうっすらと濡れているように見えた。

＊

最後の部屋になった。

「希求する光」と題された最後のブロックは、その名のとおり暖色の光が差しこんでいた。こちらはすべて具象画だ。

「まったく、どさくさにまぎれて」

明がある一角を指さした。

各種のデッサンが展示されているコーナーに、鉛筆で描かれた肖像画が飾られていた。「影の肖像」というタイトルが付されている。

「人聞きの悪いことを。形上影の展覧会にこの絵がなかったら、画竜点睛《がりょうてんせい》を欠くじゃないか」

光が胸を張った。

無理もない。「影の肖像」の作者は美島光だった。

「べつになくったっていいような気がするんだけど」

「こうして見ると、われながらよく描けてるな、うんうん」

光は満足げにうなずいた。

「ま、お兄ちゃんの絵がこんな大きな展覧会に出品されるのは最初で最後だろうから、まあいいか」

口の悪い妹は忌憚《きたん》なく言った。

足音が増えてきた。しばらく映像コーナーのチェックをしていたメンバーが最後のブロックに入り、合流するかたちになった。

「最後の部屋は明るいんですね」

三ヶ木教授が言った。

「希望を感じさせる絵を主として展示しておりますので」

右田館長が説明した。

「いくたびかの精神的危機を乗り越えて、世界と親和してきた画家の成長を感じさせる作品が並んでいます」

大豆生田学芸員がそう言って示した絵には
「**Run**」というタイトルが付されていた。

一見すると、従来と同じ暗澹《あんたん》たる絵のように思われる。描かれているのは運河の埠頭《ふとう》だ。動かない運河の水や、ひび割れが目立つ長い埠頭などが寒色で寂しく描かれている。

世界はもう終わっている。人は死に絶えている。空は暗く、暗鬱《あんうつ》な色をしている。

それでも、その絵には希望があった。

埠頭の彼方に、小さな人影が二つ描かれている。髪形で少女とわかる。

姉妹だろうか、二人の少女は競いながら走っていた。逆光の埠頭の先に向かって、懸命に駆けていた。

「この少女たちを見る画家のまなざしはあたたかいですね」

美術愛好家でもある橋上が言った。

「影君も希望を見ているのでしょう、少女たちの行く手に」

孝が指さす。

「そりゃ、美術調律者だもん」

向こうのグループには聞こえないように、明は小声で言った。

「血だまりの中で泣いていた影は、『この世界の空の青や海の青などが美しく感じられるようになった』と述懐するまでになったんだからな」

長年の親友として、光はしみじみと言った。

「影クンの青は、欧米ではカタガミ・ブルーと呼ばれてる。暗いけれども澄明な、ほかのだれも出せないような青。ほら、これだって……」

明が示したのは「水晶球」と題された絵だった。

暗いカタガミ・ブルーでバックが描かれた世界に、全裸の少年が一人、片ひざをついてうなだれている。顔は見えないが、独特の巻き毛だから作者の影であることは間違いないだろう。

少年は右手を差し出している。その手のひらに乗っているのは、小さな水晶球だ。

玉の内奥から光が放たれている。わずかに残った希望のように、暗く閉ざされた世界に光を投げかけている。

「この絵の前のソファに座ると、しばらく立ち上がる気がしないかもしれないね」

近づいてきた三ヶ木教授が言った。

「顔を隠しているのが影クンらしいんです」

と、明。

「なるほど。水戸のご老公の印籠《いんろう》みたいに、これ見よがしに水晶球をかざしていたりしたら興《きょう》ざめですね」

教授がそんな冗談を飛ばしたから、橋上までわずかに笑みを浮かべた。

「形上先生が描く光はあたたかいんです」

大豆生田学芸員がやや唐突に言った。

「そうね。あたたかいわね」

明がうなずく。

「と言っても、決してふわふわしたあたたかさではなく、内奥からにじみでてくる優しさのような色です」

「美術調律者としての存在の根幹から放たれてくる光かもしれませんね。そういうふうに考えると、この水晶球は影のたましいなのかも」

と、光。

「なるほど。たましいは球に通じますから」

三ヶ木教授は納得した表情になった。

「この最後のセクションは、安乗君とも相談して明るめの照明にしたのですが、いかがなものでしょうか。もう少し暗くするかどうか、かなり悩みましたが」

右田館長が言った。

「これでいいと思います」

明が真っ先に言った。

「宇宙の果てから光が差し込み、月の砂漠をしみじみと照らしている絵があります。あの光は部屋が明るめのほうが生きると思うんです」

「『遊び』と題された大作ですね」

出口に飾られている絵を、館長は示した。

宇宙の果てから届く、どこか宗教的な荘厳《そうごん》さも感じさせる光が、荒涼たる月の砂漠をしみじみと照らしている。

だが、この絵には一人だけ人物が描かれていた。

少女が一人、月の砂漠で線香花火をしているのだ。酸素マスクも装着せず、桜色の浴衣をまとい、笑みを浮かべて花火を見ている。

絶対にありえない光景だが、その少女には不思議な存在感があった。月の砂漠で遊んでいる少女には、そこにいなければならないという必然性がたしかにあった。

「たとえ世界が死に絶えてしまっても、希望が何もなくなったとしても、このまぼろしの少女はここで遊んでるんだわ」

どこか歌うように、明は言った。

「そう言えば、この絵の少女、顔立ちがおまえに似ているな」

光がふと気づいてそう指摘した。

館長も和す。

「たしかに、そのように見えますね」

明は困ったような顔つきになった。

妹のこんな表情を、兄はあまり見たことがなかった。

＊

影はオープニングに間に合った。

病院で点滴を打ち、かねてより投薬を受けている医師のカウンセリングも受けた。その結果、太鼓判《たいこばん》とまでは言えないまでも、これなら大丈夫だというゴーサインが出た。

もっとも、オープニングと言っても、派手なセレモニーがあるわけではなかった。平原市立美術館の規模の展覧会だ。テープカットや薬玉《くすだま》のたぐいはない。

セレモニーの代わりに催されるのは、初日に行われるギャラリートークだった。

これには影も参加することになっている。展覧会場に隣接する会議室で、スライドなども使いながら、形上影の芸術について語られることになっていた。

司会は大豆生田学芸員、特別ゲストとして、画家ときょうだいのように育った人気女性指揮者の美島明も出演することになっていた。

「整理券はあっという間に売り切れたらしいぞ」

関係者の控室で、光が言った。

「そりゃもう、わたくしのファンがどっと詰めかけてきたから。ほほほほ」

明がよそいきの顔をつくって言った。

上から下まで光沢のある黒づくめで、ネックレス、イヤリング、ブレスレットなどは銀で統一している。むかし、このような恰好でステージに現れ、やおら豊かな胸の谷間から指揮棒を取り出して演奏を始めて物議《ぶつぎ》をかもしたことがあるが、まさに男装の麗人といったいでたちだった。

「あんまりしゃべりすぎるなよ、主役は影なんだから」

光がクギを刺す。

「そりゃわかってるわよ。学芸員さんが司会なんだし、脇に控えてるわ」

明は心得た顔で答えた。

そのとき、ノックが響き、明るい茶髪の青年が入ってきた。

安倍美明だ。

「なんだ、普通の恰好じゃない」

明が言う。

「そりゃ、陰陽師の正装で立ってたら作品と間違えられるじゃないですか」

いつもの軽い調子で言う。

「ほかの霊能者さんも私服で?」

光がたずねた。

今日から開催の影の展覧会は、霊的国防を司《つかさど》る橋上のセクションにとっても大一番《おおいちばん》といえた。あのプライドの塊《かたまり》のような黒形上赤四郎が、息子の影が華々しく行う展覧会に姿を現さないはずがない。

すでに、内覧会のパーティで黒形上の崇拝者だった痣里正胤が爆死している。明らかに、黒形上にその存在を乗っ取られたのだ。

序曲にも姿を見せた悪霊を、今度こそ本番の舞台で網にかけ、もう災いを起こさないように息の根を止める。それが橋上のセクションの宿願だった。

「ところどころ、監視員にもまじってるけど、まあ気にしないでください」

安倍美明は軽く言った。

「で、獲物が網に掛かってきたらどうするの？」

明が声をひそめて問う。

「ぐるっと遠巻きにして、二重三重の結界を張ります。いちばん恐ろしいのは、網に掛かった魚が助けを求めることですからね」

現代の陰陽師は、会議室の天井の隅を指さした。

光もそちらを見た。

普段はまったく気にしていないその部分の角度がいやに気になった。三ヶ木教授はつとに示唆している。大いなる闇に潜む邪神は、ある種の角度を回路として飛来する。ひとたび道かトンネルのごときものが開いてしまえば、宇宙の果てと〈いま、ここ〉は限りなく接近するのだ。

「黒形上を孤立させるわけだな」

「そのとおり」

「孤立したって、十分に強いと思うけど」

明が小首をかしげた。

「ま、そりゃ、形上さんに任せるしかないっすね」

ところどころに破れ目があるジーンズ姿の青年はさらっと言った。

しばらく雑談してから、安倍美明は出ていった。

「相変わらずねえ、安倍クンって」

「あれで霊力はあるんだから驚くよ」

「でも、せんじつめれば、影クン次第ね」

「そうだな」

「いまはどこにいるの？」

明はたずねた。

「ここより狭い控室で、本を読みながら精神の集中を図ってる。まあ、タイトル戦の前の棋士が控室でメンタルを高めてるようなもんだな」

「ふうん。……で、どんな本？　だれかの画集？」

明の問いに、光は少し顔をしかめた。

そして、妙に気を持たせてから答えた。

「『一全教真伝』」

＊

すでに展覧会は始まっていたが、影は控室に籠《こ》もったままだった。

ホスト役として、今日はギャラリートークに出るという大役《たいやく》がある。人前で話をするのは得手ではないが、これは是非もなかった。

だが、本当の大役は違った。

父の悪霊は必ず姿を現す。今度こそ息の根を止め、二度と災いが起こらないようにしなければならない。

美術調律者として、黒形上赤四郎に最後の戦いを挑むのだ。

そのために、出番が来るまで、影は魔道書を繙いていた。

黒形上赤四郎の長兄で、影にとっては伯父に当たる形上太郎が著した『一全教真伝』だ。

形上家の血統をたどると、大いなる闇に潜む種族に逢着する。父の黒形上赤四郎は、おのれだけに黒い血が流れていると称し、すべての人類を呪う方向へ進んだ。究極の独我論者である父・黒形上赤四郎はいっさいの他者を認めない。

本来なら、血族にも同じ血が流れていると認識するはずだが、独裁論者にとっての「私」とは唯一無二の奇蹟に近い存在なのだ。よって、黒い血が流れているのは「おのれ」だけという歪んだ認識になってしまう。

存在のステージを超えたと自負する黒形上赤四郎は、ありとあらゆるものを睥睨し、見下《みくだ》し、否定している。この世に存在すべきものは、独り黒形上赤四郎だけなのだ。

そんな悪霊の父が、ただ一つ恐れているものがある。

ほかならぬ血の淵源である、闇なる種族だ。

もし正しく邪神を召喚し、父と対峙させることができれば、さしもの悪霊も破滅を迎えるのではないか。

影はそう考え、寸暇を利用して魔道書を繙いていたのだった。

だが……。

三ヶ木教授の協力を得て入手した『一全教真伝』は、予想をはるかに上回る難物だった。教祖の形上太郎の筆は安定せず、理論的に述べていたはずの文章がだしぬけに熱に浮かされたようなお筆先のごときものに変容してしまう。

加えて、信者による書写本だから、目がざらついてひどく読みづらかった。

ことに、読点が気になった。黒形上赤四郎も読点に似たフォルムを元型の一つにしているが、それが現れるたびに、白い空間から微細な触手が蠢きながら脳の中へ伸びてくるかのような心地がした。

たとえば、こんなくだりがある。

我ハ、畏レツツ、冀《こいねが》フ、
其《それ》ガ、召還サレシ、暁《あかつき》ノコトヲ。
我ハ、一ニシテ全ナル者ナリ。
世ヲ滅ボス、最後ノ者トシテ、
我ハ、丘ニ立ツ。

影は何度も瞬きをした。

頻出する読点のあたりから、そのわずかな空白から、何か微細なものがひそかにこちらの様子をうかがっているような気がしてならなかった。

我ハ、暗闇ニ潜ム、
世ノ、森羅万象ハ、我ナリ。
時ノ初メニ、我ガ居リ、
時ノ終ハリニ、我ガ居ル。
我ハ、全ニシテ一ナル非常ノ者ナリ。

経典は分厚《ぶあつ》いが、同じことの繰り返しになっている部分も多かった。理由のない全能感と、それに伴う多幸感が教祖の原泉となっていた。

やはり兄弟だ。形上太郎と黒形上赤四郎はひどく似ていた。

一全教の教祖だった形上太郎は、連合赤軍のリンチ殺人にも比肩《ひけん》される粛清殺人事件を起こし、落雷を受けて無残な最期を遂げた。

丘で忌まわしいものを召喚しようとした結果であるとも伝えられている。父の悪霊を退治するためには、形上太郎の失敗を検証しておくことが必要ではないか。影の直感はそう告げていた。

経典の文章はまわりくどいが、要するに、形上太郎は「一にして全なる存在」であると自己を規定し、大いなる闇に潜む旧い神のデモーニッシュな力をわが身に宿そうとしたらしい。

そして、爆死に近い死を遂げたのだ。

小さな器に、大量の水を一気に流しこもうとしたために、その水圧によって器が弾け飛んだようなものだろう。

影はそう考えた。

ならば、父の悪霊にも同じことを試みさせればどうか。この世で怖いものは何もない、独我論者の黒形上赤四郎だが、初めて恐れの色を浮かべたことがある。血の淵源であるおぞましい神々と、その先に潜んでいるものを、父は明らかに恐れていた。

影はさらに考えた。

黒形上赤四郎は、血の淵源である邪神に対して二律背反《にりつはいはん》的な感情を抱いている。

おのれだけが邪神を祖先に持つことは、黒形上赤四郎にとってみれば忌むべき事実であると同時に、大いなる誇りでもあるのだ。

自我を極限にまで肥大化させた悪霊の父。

そのプライドを刺激し、図らずも邪神と戦うように仕向けることはできないか。

なおも経典を繙きながら、影は手がかりを探した。

こんな一節があった。

痣《あざ》屠《と》廢《ほ》蹤《す》ハ究極ノ混沌ノ要ナリ
其《そ》ハ時ヲ超エテ存在ス
痣屠廢蹤ハ痴愚ナレド万物ノ王ナリ

三ヶ木教授からもいくたびかレクチャーを受けた。

『一全教真伝』では痣屠廢蹤という表記だが、べつの地方の神話では呼び名が変わる。しかし、表富士も裏富士も同じ山であるように、同一の邪神の消息を伝えているのだ。

亡《ない》在《あ》玀《るら》屠《と》廢《ほ》蝶《てふ》ハ無貎ニシテ自在ナリ
其ノ姿ハ千変万化スレドモ本質ハ同ジ
即チ這ヒ寄ル混沌ナリ

そんな説明が記された次のページには、朦朧《もうろう》たる画法で邪神が描かれていた。

アルフレート・クビーンを彷彿させる筆致で描かれているのは、縄とも蛇ともつかない蠢くものだ。かろうじて黒い翼と、三つに分かれた目を確認することができる。

悆虞疏屠蹤《よぐそとす》ハ言フヲ憚ル神ナリ
其ノ名ヲ唱ヘルベカラズ
悆虞疏屠蹤ハ……

そのあとに続く文字は墨で抹消《まっしょう》されていた。形上太郎が自ら字を塗りつぶしたのか、それともほかのだれかが手を加えたのかわからない。

だが、その部分は、いまなおうっすらと濡れているように見えた。

影は一つため息をついた。

書物から顔を上げ、部屋の隅を見る。

普段は注意を払わないその部分のたたずまいが、そこはかとなく恐ろしかった。

そこは単なる部屋の角ではない。宇宙の果てに通じている。

そんな気がしてならない。

経典の残りは、まだかなりあった。そろそろギャラリートークの準備をしなければならない。

怪死を遂げた長兄の形上太郎に続いて、父の悪霊を破滅させる手立ては、きっとこの書物のどこかに記されている。

イベントが終わり、余力があれば、また続きを読むことにしよう。

影は『一全教真伝』を閉じ、ギャラリートークの出席者の控室に向かった。

ややあって、無人になった部屋で、不意に風が吹いた。

窓はない。空調もない。

それなのに、風が吹いた。

風は魔道書に吹きつけた。黄変《おうへん》した紙がはたはたと動き、あるページが開いた。

さきほど、影が読んでいた箇所だった。

悆虞疏屠蹤ノ名ヲ唱ヘルナカレ

そう記されていた。

＊

日本人画家の展覧会、しかも都心からいくらか離れた平原市で開催されるイベントだから、初日でもさほど混まなかった。

客層はさまざまだった。熱心な美術愛好家もいれば、もっぱら形上影のルックスに引かれたミーハーなファンもいた。

そんな女性ファンのお目当ては、初日のギャラリートークだ。

「三日目のドキュメンタリー映画と迷ったんだけど、やっぱり実物よね」

「そりゃそうよ」

女子大生とおぼしい二人連れが小声で会話を交わしていた。

「でも、毎日やってくれればいいのに、会期中に二回だけよ」

一人が不満そうに言った。

「制作風景の短い映像は常設であるみたいだけど」

「それで我慢しろって？」

「そういうことだと思う」

いま話題に出ているドキュメンタリー映画は、イタリアのケーブルテレビが制作したものだった。海外で評価が高い若き天才画家のインタビューと制作風景で構成されたもので、影の地下室や美島画廊もちらりと映っている。

日本では未公開だが、このたび字幕を制作し、会期中に特別公開することになった。ちなみに、イタリアでも形上影の女性ファンが多く、自画像をあしらったポストカードは常に品薄の状態らしい。

「せっかくだから、サイン会もやってくれればいいのに」

女子大生たちがさらにさえずる。

「画集があったっけ？」

「この展覧会の図録があるじゃない」

「あっ、そうか」

「でも、人見知りをするそうだから、無理かな？」

「人見知りするなら、トークショーは大変ね」

「そのあたりは、ほかのメンバーがフォローするんじゃないの？　恋人とか言われてる美島明とか」

「ああ、あの背が高い美人の指揮者」

「残念ながら、お似合いね」

そんなやり取りを続けていた二人の会話の趣が、ほどなく少し変わった。

「ところで……さっきの部屋に変な監視員がいなかった？」

一人が訊く。

「隣の部屋？」

「うん」

「べつに、普通の女の人がいただけだったけど」

「そうかあ……目の錯覚かな？」

と、首をかしげる。

「何がいたの？」

「妙に遠近法の狂った、性格俳優みたいなおじさんが座ってたの。クリストファー・リーをうんと邪悪にしたみたいな」

「そんな人いなかったよ」

「最初は作品かと思ったの。暗がりの目立たないところにいたから」

「形上さんはそんな作品をつくらないと思う。イブ・タンギーじゃないんだから」

「そうよね」

「じゃあ、戻ってもいいんだから、もう一回見にいこうよ」

「待って」

動きはじめた連れの腕を、娘はやにわにつかんだ。

そして、顔に恐れの色を浮かべて言った。

「見ないほうがいいものかもしれない」

*

予想以上にギャラリートークの希望者が多かったため、美術館側は臨機応変の対応をした。当初の会議室ではなく、「祈り」と題された壁画の前に会場を設営することにしたのだ。これなら立ち見も含めてたくさんの人が観ることができる。

右田館長と安乗設備主任の指揮のもと、スタッフが大わらわになって設営に当たった。美島光と明も椅子運びの手を貸したほどだった。

こうして、ようやく所定の開始時間に間に合った。

形上影の展覧会のギャラリートークが始まった。

右田館長「本日は多くの皆さんにお集まりいただき、ありがとうございました。早速ですが、ただいまから形上影先生をまじえたギャラリートークを開催させていただきたいと存じます。わたくしは、当美術館の館長で右田と申します。進行役をつとめさせていただきますので、どうぞよろしくお願いいたします」

(拍手に続いて、出席者が紹介される。館長の隣が大豆生田茜学芸員、中央に主役の形上影、その隣に美島明、いちばん端に美島光という順。それぞれの席の前にマイクが据えられ、ミネラルウォーターの入ったコップが置かれている)

館長「では、ちょうどいま『祈り』と題された壁画の前に位置しているわけですが、この大作を制作するにあたっての苦労話などからお聞かせください」

形上影「苦労話……」

（沈黙。会場から響く咳払い。兄に目で合図を送る明）

美島光「ずいぶん苦労したじゃないか。オープニングに間に合わないのじゃないかと、みんな心配していた」

影「そうだったな」

美島明「この絵にサインを入れたとき、力を出しつくして倒れてしまって、そのまま救急車で病院に運ばれてしまったくらいなんですよ」

（会場からため息）

大豆生田学芸員「では、形上芸術の集大成とも言うべき大作『祈り』のコンセプトはどのようなものなのでしょうか」

影「（小考ののちおもむろに）コンセプチュアル・アートは、そのグラデーションが欠落した直線性に違和感を禁じえません」

学芸員「アートの一ジャンルの話ではなく、この壁画のコンセプトがもしあれば、と」

影「コンセプトは……」

（マイクがにわかにハウリングする。言葉が聞き取れない。安乗設備主任があわてて駆け寄り、調整を行う）

明「何かコンセプトがあって、それに基づいて絵画作品を組み立てるのではなく、白いキャンバスというピュアな鏡に内面を写して、色やフォルムに定着させていくのが影クンの方法だと思うんです」

光「そうだな。音楽的な構成になってるんだ」

明　「読む交響曲みたいな」

館長「なるほど。たしかに目に見える音楽のような雰囲気が伝わってまいりますね、この作品からは」

学芸員「そのあたりについて、形上先生のお考えはいかがでしょうか」

影　「(額に手を当てて) 音楽……」

学芸員「ええ、音楽です」

影　「世界をトータルに再構築するという観点では、あるいは音楽が絵画に優越するかもしれません。音符は自在に越境することができますが、絵画を構成する平面や絵の具などはそうではありませんから。しかし……」

(またハウリングが起き、設備主任が二度目のマイクの交換を行う)

館長「大変、失礼いたしました。マイクのご機嫌が芳しくないようです。では、音楽的な絵画について、お話を続けてまいりましょう。著名な女性指揮者でもあられる美島明さんは、その点はいかがでしょうか」

明　「展示をごらんになった方はおわかりだと思いますが、影クンの作品から発せられる音楽はおおむね短調で、寒色の音色が響いています。でも、それでもどこかに暖かい色が塗られている。暗い夜の海を照らす灯台の灯りのようなものがある。絶望の海を航海してきただけに、なおさらその色が心を打ちます」

(何人ものギャラリーがうなずく)

学芸員「(軽く振り向き) この大作にも、最後に暖色の光が塗られていますね。これは初めから構想して描かれたのでしょうか」

影　「いえ、違います」

学芸員「そうすると、作品が最後に必然的に要請した、と解釈すべきなのでしょうか」
影　「そうですね」
光　「もう少し説明しろよ、影」
（会場、笑い）
影　「ああ。作品……と言っても、まだサインを入れていないものは、開示されつつある世界のごときものです。その世界の内奥から、絵の具のチューブから必然的に絞り出されてくるように現れるものが、時として暖色に彩られているわけです」
（ここでまたかすかな笑いが響く。客席の何人かが天井を見上げる）
館長「この大作も、最後に岩に見えるもののあたりに暖色の光が塗られることによって、『祈り』という世界が開示されたわけですね」
影　「開示されるということは、うーん……」
光　「厳密に考えなくてもいいぞ。哲学じゃないんだから」
影　「ああ、そうだな」
学芸員「では、抽象と具象に関してうかがうことにしましょう」
（その後もしばしば停滞しながらギャラリートークが続く。
マイクのハウリングは、なおも折にふれて起きる。そればかりではない。最新型が用いられているはずの照明がフリッキングし、観客はしばしば上を見上げる。
設備主任以下のスタッフが蒼い顔で対応に追われる。しかし、原因はわからない）
館長「出展作についてのお話はひとわたり終わりましたが、まだいくらかお時間があるようです。何かご質問のある方はいらっしゃいますか？　テーマは何でも結構です」
（大豆生田学芸員が立ち上がり、ハンドマイクを

持って客席に向かう）
（ほどなく、一人の若い女性客が思い切ったように手を挙げる）
館長「はい、そこの方」
客「あの……形上先生のアトリエは地下室だそうですが、普段はどのような制作をされているのでしょうか。それから、その……一緒に暮らしている方とかはいらっしゃるんでしょうか」
（会場、笑い）
影「猫と暮らしています」
（さらに笑い）
館長「ほかに質問はございますか？」
（癖のありそうな若者。おそらく美大生と思われる男がさっと手を挙げ、マイクが渡る。かなり挑戦的な目つきで、若者が問う）
客「なぜか展示パネルにも図録にも一行しか記されていませんが、形上先生の実父は黒一色の悪魔と恐れられた黒形上赤四郎ですよね。これはわざと軽視したんですか？」
（会場の雰囲気が凍りつく）
館長「主催者側の判断です。では、ほかに……」
客「でも、伝記的な事実ですよ。それについての解説を意図的に捨象するのは……」

そこで、不意に音が響いた。
多くの者が非常口のほうを見た。物音はたしかにそこから響いた。
だが……。
人影は確認することができなかった。
だれかが入ってきた。もしくは、出ていった。
そんな気配だけが残った。

シーンⅢ

さらに血は流れる

忌まわしきもの眠る

忌まわしきものは眠っている。
世界にとっては、それは悦ばしきことだ。

ひとたび忌まわしきものが目覚めれば、いかなる災いがもたらされるか、だれにもわからない。
忌まわしきものに蹂躙された古い都市は、ことごとく全滅した。よって、記録はいっさい残っていない。

忌まわしきものは眠る。
再び目覚めるときまで、大いなる闇の中でまどろみつづける。

『黒形上赤四郎詩集』より

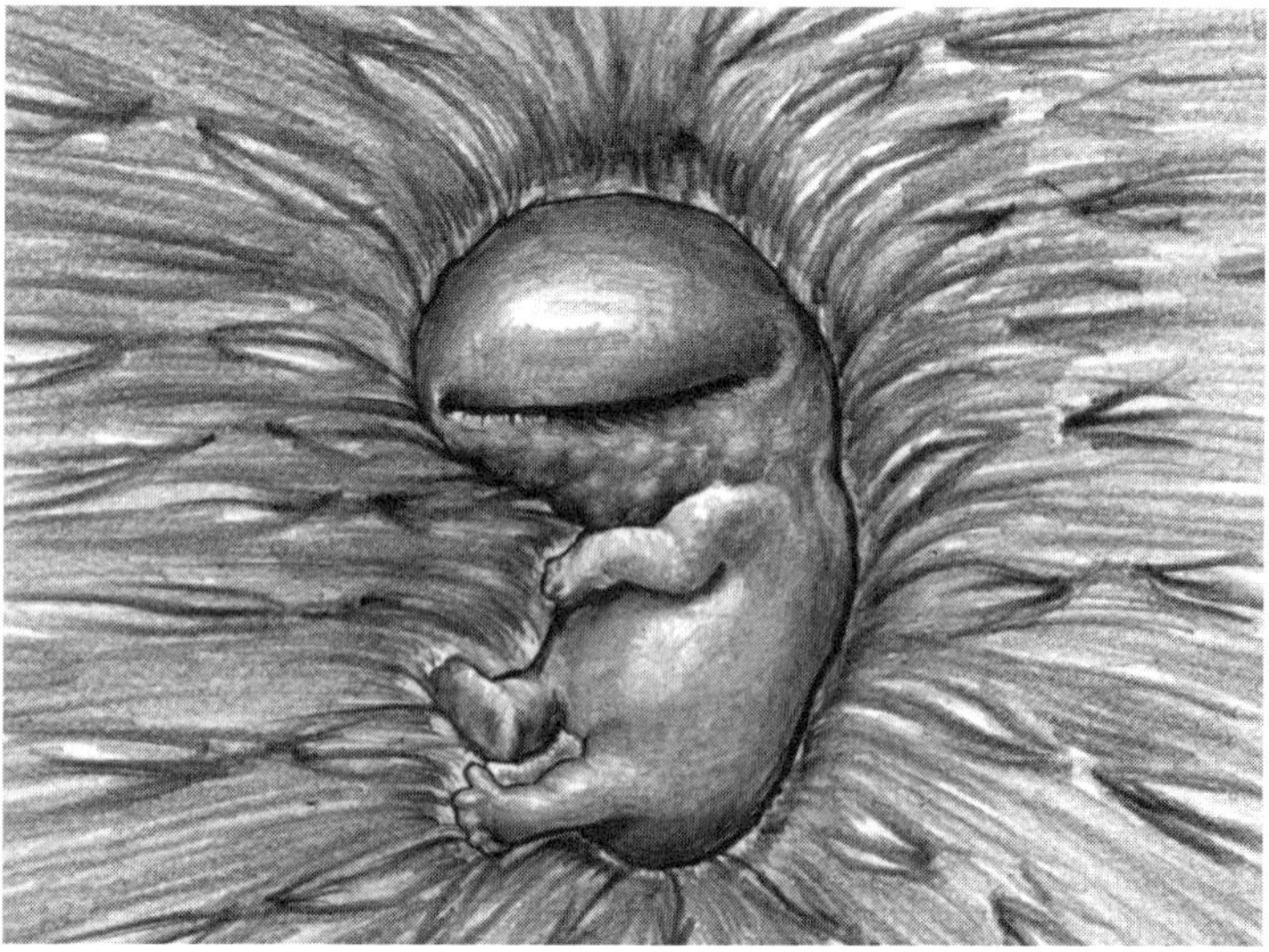

琴美《ことみ》はツイートを終えた。

今日は形上影さんの展覧会。トークは途切れがちで心配したけど、実物の影さんが見れてよかった♥　カッコイイ♥

琴美のツイッターのフォロワー数はやっと百を超えたくらいだが、ツイート数はそろそろ三万に達する。その後もあまり考えることなく、展覧会のことをツイートしつづけた。

さすがにギャラリートークの場でスマホをいじる気にはなれなかった。それよりも、形上影の顔や動作をじっと見ていたかった。

いまは帰りの電車の中だ。琴美はいつものように、続けざまにツイートをした。

そうそう、会場の隅にいたヘンなおじさん、気味悪かった。

ツイートを追加し、ふと窓のほうを見る。

逆光の窓に、おぼろげな顔のようなものが一瞬だけ映り、消えた。

琴美の指の動きが止まった。

何を書こうとしたのか、急に忘れてしまったように見えた。

琴美は次の駅で下りた。

普段下りる駅ではなかった。その顔からは表情が失われていた。

ほどなく、次の電車が来た。

琴美はその電車に飛び込んで、死んだ。

＊

郁夫《いくお》は図録を見ていた。

深夜のマンションの一室だ。

今日は平原市立美術館で展覧会を観た。自宅からはかなり離れているので、帰宅が遅くなった。妻と娘はもう寝ている。

晩酌はいつも二合だ。適当に肴《さかな》をつくり、電子レンジで燗をつけて呑む。

今日は定期的に取り寄せているさつま揚げだった。包丁で切り、生姜醤油《しょうがじょうゆ》につけ、折にふれて口に運ぶ。

図録では絵の具の厚みが出ないからいま一つ平板に感じられるが、形上影の作品の実物は良かった。さまざまな葛藤《かっとう》と苦悩の末に仄見える、あるいは、彼方から恩寵《おんちょう》のごとくに到来する光によって、観る者のたましいも浄化されるかのようだった。

郁夫は月に何度も美術展へ足を運ぶ。目の肥えている美術愛好家だ。その郁夫の基準に照らしても、今日の展覧会は秀逸《しゅういつ》だった。今年のベストテンの上位に食いこんでくるかもしれない。

展覧会の余韻《よいん》を楽しむように、郁夫はゆっくりと図録のページをめくっていた。

「おや……」

あるページで、ふと手が止まった。

ちょうどライトが当たったせいか、掲載されていた「Run」という絵が変容したような気がしたのだ。

あるいは、だまし絵のようになっていて、ページをめくる瞬間に隠された絵が現れたかのようだった。

救いのある「Run」とは対照的に、隠されていた絵はおぞましいものだった。ほんの一瞬だが、見てはならないものを見てしまったような後悔にとらわれた。

だが、その絵がどんなものだったか、明晰に思い出すことはできなかった。不定型な名状しがたいものが蠢いていたような「感触」だけが残っていた。

　秘密を探ろうとするかのように、郁夫は何度か同じページをめくっては元に戻した。

　そのうち、いぶかしげな表情がだしぬけに消えた。ふっ、とうつろになった。

　無表情のまま、郁夫は残りの酒を呑み、さつま揚げを口に運んだ。

　几帳面な郁夫は、洗い物をしてから休むのが常だった。最後に包丁を洗うと、郁夫は寝室に向かった。

　そして、寝息を立てている妻と娘の胸を次々に刺した。

*

　スマホを手にしたまま、麻利亜《まりあ》はＬＩＮＥでやり取りをしていた。

　相手は同じ美大に通っているエリだ。


エリちゃんも行ったほうがいいよ。

影クン、かっこよかった。

あさって短篇映画の上映会があるよ。

違う違う。ドキュメンタリーだって。


ひょっとしたら、また本人が出るんじゃない？

そんなこと言ってた。


　ときどき天井に目をやりながら、麻利亜はエリとのやり取りを続けた。

　話題はもっぱら形上影の展覧会のことだ。

帰宅して数時間経った。
もう準備は終わったから、ほかにやることはない。
行けばいいよ、壁画だけでも観なきゃ。
いろんなものが目に入るよ。
人間やってるのがバカバカしくなるよ。
ちょっと、やることがあるから。
ううん、お風呂は入った。
んじゃ、またね。
LINEを終えると、麻利亜はゆっくりと立ち上がった。
椅子はもう部屋の中央に移動させてあった。
あとは縄に首を差し入れ、蹴るだけでよかった。
麻利亜は、縊《くび》れて死んだ。

レベル7

悪霊が口を開くとき

我、口を開かば世は凍らん

おれが口を開き、言葉を発すれば、世界は凍る。
おれが筆を執り、色を塗れば、どこかの村が滅びる。
おれが口を開き、歌を口ずさめば、遠くで千人が狂う。
おれが筆を執り、形を表せば、見えない牢獄ができる。

無知なる者たちよ、おれの言葉を聞け。
おれがこの滅ぶべき世界に撒き散らした、
聖なる元型を見よ。

『黒形上赤四郎詩集』より

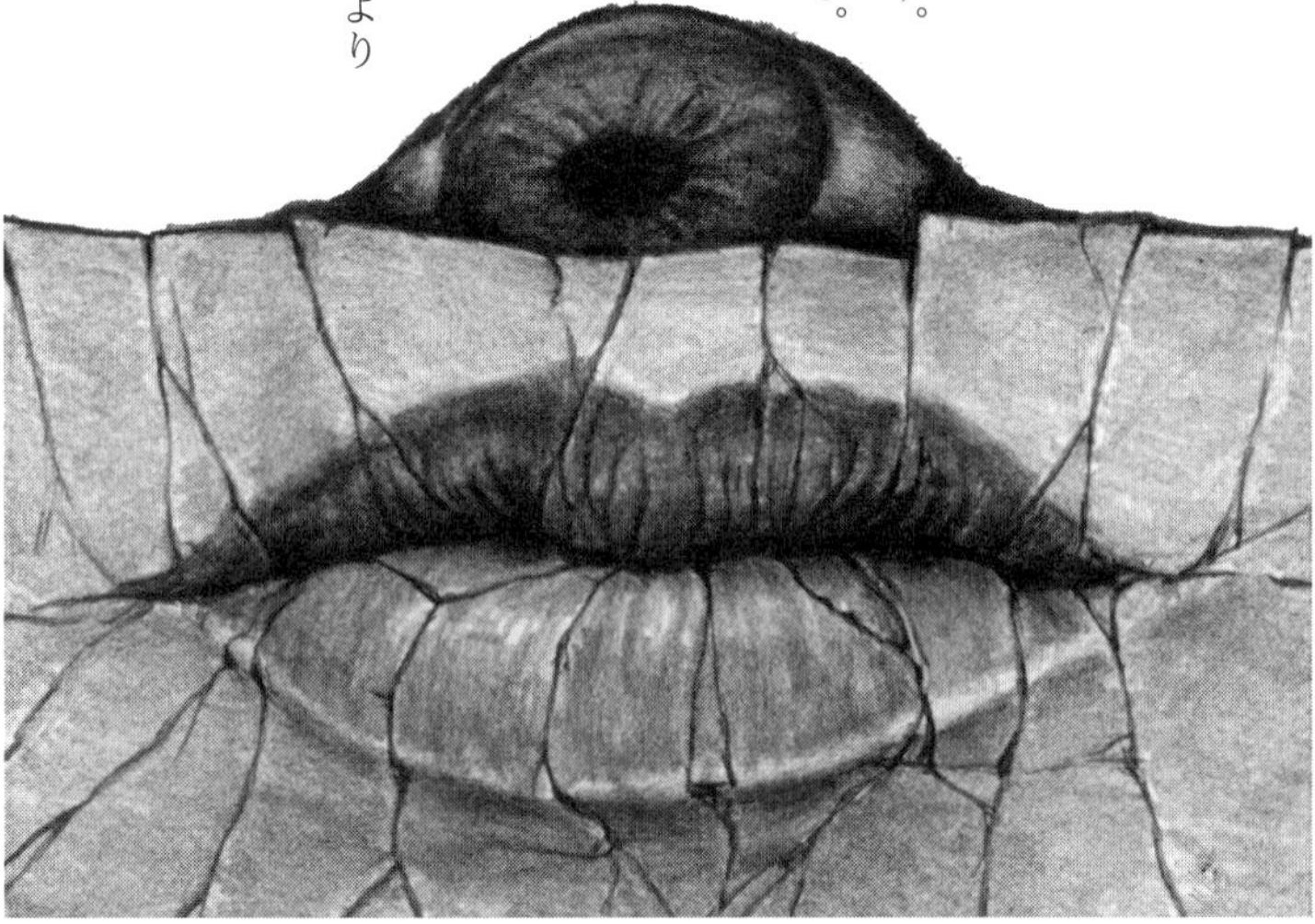

「また特異点が増えたと？」

眉間にしわを寄せて、美島孝がたずねた。

「ええ」

苦い顔つきで、橋上進太郎がうなずく。

形上影の展覧会は二日目に入ろうとしていた。

だが、その前に、美術館の一室で緊急会議が催されていた。

招集をかけたのは霊的国防の長の橋上で、ほかに美島光、右田館長、現代の陰陽師の安倍美明、三ヶ木教授、さらに県警と地元警察の代表者も参加している。

「では、報告をお願いします」

「はっ」

橋上にうながされ、県警の代表者が立ち上がって簡潔に報告しはじめた。

昨夜だけでも、展覧会の舞台の平原市を中心に奇妙な事件が頻出していた。端的にいえば、「動機なき殺人」だ。事件の中心を占めるべき動機の部分が完全に欠落した、不気味な事件ばかりだった。

「……そのほかに、自殺の案件もあります。他殺・自殺ともに、ある共通点があるのですが」

県警の代表者は、そこで言葉を切って橋上の顔を見た。

「そこからは、わたしが。ご苦労様」

橋上がさっと右手を挙げた。県警の代表者が一礼して着席する。

「自殺も含む加害者のツイッターなどの更新状況を照らして浮上したその共通点とは、ほかならぬこの展覧会です。平原市立美術館で開催中の形上影展を観たあと、何らかの事件を起こしているのです」

それを聞いて、右田館長が何とも言えない顔つきになった。話の成り行きからある程度は予測していただろうが、美術館の責任者としてはショック な事実だ。

「では、展覧会は中止ですね？」

地元の警察署長がたずねた。

「まだ始まったばかりなんですが」

光が不服そうに言った。

「始まったばかりだろうがどうだろうが、展覧会を観たことが原因とおぼしい事件が続けて起きてるんだ。中止はやむをえないだろう」

獰猛《どうもう》な犬を彷彿させる警察署長が、若い画家に向かって高圧的に言った。

「しかし、その原因は影君にあるわけじゃない。明らかに、黒形上赤四郎の悪霊が跳梁しているからだと考えられます」

孝が抗弁した。

「かといって、このまま展覧会を開いていたのでは、また一般市民の犠牲者が増えるだけではないですか」

署長は譲らない。

「そのあたりは、難しい問題です。むろん、一般市民の犠牲は断じて防がねばなりません。さりながら……」

霊的国防の長はいったん言葉を切り、喉の調子を整えてから続けた。

「根源的な悪を殲滅《せんめつ》しないかぎり、惨劇はいくたびも繰り返されるでしょう。この展覧会は、黒形上赤四郎の悪霊の登場を誘い、その息の根を止めるための絶好の装置として機能しています。その点をくれぐれもお忘れなく」

橋上はそう言って警察の代表者たちににらみを利かせた。

「では、成算はあるのでしょうか」

県警の代表者が訊く。

「黒形上赤四郎の悪霊の影は、すでに感知されています」

橋上は部下を見た。

「まあ一応、エキスパートが結界を張ってますんで」

安倍美明が重みに欠ける発言をした。

「黒形上赤四郎の血の淵源は、大いなる闇に潜む邪神たちです。この点に関しては、『何を荒唐無稽《こうとうむけい》な』などという感想はなしにしていただきます。彼我《ひが》の距離を度外視すれば、彼らはわれわれの隣人たちと何ら変わるものではないのです。現に、歴史を周到に繙けば、邪神たちの足跡とも言うべき爪痕をいくつも認めることができます」

三ヶ木教授が熱をこめて語った。

「それは教授のおっしゃるとおりだとして、現場の警備に当たるわれわれはいったいどうすればいいんです？」

警察署長がいらだたしげに問うた。

「警察に邪神と戦えと要請することはないでしょう。黒形上の悪霊についてもしかりです。邪神や悪霊と戦うためには、それ相応の資格とでも称すべきものがおのずと要請されるでしょうから」

教授は暗に警察を貶《おとし》めるようなことを口走ったが、とくに反論はなかった。

代わりに、光が言った。

「その資格があるのは、影だけでしょう」

友人の画家の言葉に、橋上はゆっくりとうなずいた。

そして、警察の関係者を再び見てからまた口を開いた。

「これ以上、一般市民の犠牲者を出したくないという気持ちは、わたしも同じです。さりながら、確執のあった遺児の大がかりな展覧会というこの絶好の機を逃せば、黒形上赤四郎の悪霊はこの世界になおいっそうの災いをもたらすことでしょう。

これはむろん大きな賭けです。もし賭けに負ける、すなわち、この展覧会の会期中に黒形上の悪霊に引導を渡すことができなかったとすれば、わたしは責任を取って職を辞します」

決然たる顔つきで、霊的国防の長はそう言明した。

重い沈黙があった。

「舞台はできている。あとは役者の登場を待つばかりだな」

半ば独りごちるように、孝が言った。

「形上さんはいまどこに？」

三ヶ木教授がたずねた。

「滞在中のホテルで『一全教真伝』を熱心に読んでいますよ」

光が答えた。

「一全教というと、かつて凄惨な事件を起こしたあの新興宗教ですか」

県警の代表者がたずねた。

「そうです。一全教の教祖だった形上太郎は黒形上赤四郎の長兄で、形上影君の伯父に当たります」

教授が説明する。

「呪われた一族だな」

警察署長がぽつりと言った。

「まあ、なんにせよ……」

それには取り合わず、三ヶ木教授は続けた。

「『一全教真伝』は錯綜《さくそう》したテキストで、いまだ解明されていない点が多々あります。これまでに優秀な比較神話学者や在野の研究家などが『真伝』に関する研究書を著《あらわ》そうとしたのですが、その試みはことごとく作者の急死によって中絶に至りました」

また重苦しい沈黙があった。

「では、これから形上さんのホテルにまいりましょう。知恵を合わせれば、隠されていた鍵が見つかるかもしれません」
三ヶ木教授はそう提案した。
念のために影のホテルにも橋上の部下を配して
いるが、エキスパートの三ヶ木教授が教典の解読
に加わるのなら心強い。
「なら、おれも行きます」
光が手を挙げた。
「ああ、それがいい」
孝がすぐさま言う。
ややあって、教授と光は会議から離れ、タクシー
で影のホテルに向かった。

＊

ラウンジ以外での面会は禁止なのだが、教授は
周到に警察関係者から一筆したためてもらってき
た。二人は苦もなく影の客室に向かうことができ
た。

その途中、妹の明から電話が入った。海外のコ
ンサートからいま帰国したので、急いで平原に向
かっているという連絡だった。相変わらずエネル
ギッシュだ。
知らんふりをしたらあとで恨まれそうだから、
影のホテルのルームナンバーを告げた。
「じゃあ、すぐ行く」
調子のいい声が響いてきた。
「警察の関係者のふりをしてくれ。そういう触れ
こみで入ってるから」
「オッケー。なら、女刑事で」
たしかに、男でも長身の部類だから、女刑事で
もすぐ通りそうだ。
「影、起きてるか？　三ヶ木教授と一緒に来た」
地下室にこもっているときは昼夜逆転になるこ
ともある。この時間は寝ている可能性も高かった。
すぐ反応がなかったから、影の携帯にも電話を

入れた。いくらか時間がかかったが、ドアが開き、ガウン姿の影が姿を現した。

「休んでいるところをすまないね。『一全教真伝』を読みこんでいると聞いたものだから、助言できることもあろうかと思ってたずねてみました」

教授が来意を述べた。

「どうぞ」

影の声はいくらかかすれていた。

「起きてたか？」

「ああ。ゆうべ、平原の周りでいろいろ事件が起きただろう？　あの続報が気になって目が覚めた」

「そうか。ちょうどその件について美術館で会議をやってた」

「ぼくの展覧会が原因であるならば、中止しなければ」

影の表情が曇った。

「中止の要請は警察サイドからも出ましたが、橋上さんが却下しました。黒形上赤四郎の悪霊の跳梁を食い止め、息の根を止めるためには、今回の展覧会が千載一遇の機会であるというご判断です」

少し言葉を変奏させながら、教授は告げた。

ホテルの部屋は、影の希望で機能重視のシングルだ。手狭《てぜま》だから、光はベッドの上に座った。

『一全教真伝』はデスクに置かれていた。色とりどりの付箋が貼られている。ずいぶんと読みこんでいることはそれだけでわかった。

「つまり、大きく網を張って大魚《たいぎょ》を仕留《しと》めるわけだ。それにはもちろん、美術調律者の力が必要になる」

光の言葉に、影はゆっくりとうなずいた。

「中止だなんて、うしろを向くな、影」

「ああ」

「今度こそ、黒形上をやっつけてやるんだ。そのための作戦会議に来たんだからな」

「わかった」

気が利かない影の代わりに光が人数分のお茶をいれ、態勢が整ったところでやおら本題に入った。

「見たところ、相当に熟読されているようですが、まず疑問に思ったところがあれば聞かせてくださ い」

三ヶ木教授が柔和な表情でたずねた。

「疑問点は、それこそ山のようにあります」

「テキストそれ自体が疑問の連続だからね。客観的な部分と熱に浮かされたお筆先がシームレスでつながっているので」

「ええ。どうしてもそのあたりに目を奪われてしまうのですが……」

影は長い脚を組み替えて続けた。

「まず、大いなる闇の種族、より端的に言えば邪神の血脈を継いでいる者は、形上家だけではなかったという事実を初めて知りました。父は『おれの体内にだけ黒い血が流れている』と称し、それを忌み嫌うとともに誇りに思っているわけですが」

「そのあたりは表裏一体だからな」

と、光。

「よくその事実を見つけたね。たしか、『射場上鳥《いるばうえとり》ハ闇ノ裔也《すえ》』という断章だったと思うが」

微妙に口調を変え、引き締まった顔つきで教授は言った。

「そうです。射場上鳥の双子の兄は、弟より邪神の原形質が強く、のちに村を恐怖のどん底にたたき落としました。そういった事例は、断片的ながら、意外に多く経典に記されています」

影はそう言って、『一全教真伝』を指さした。

「そうなんだ。人類の歴史にとってみれば微々たる事例にすぎないけれども、大いなる闇の種族との交流は、有史以来、断続的に繰り返されてきた」

教授はそう指摘した。

「画家はキャンバスに地塗りをしてから下描きに移ります」

影は唐突に話題を変えた。教授はいささか面食らったようだが、光は慣れていた。このように過程を省略して飛躍するのは、天才にはありがちなことだ。

「地塗りにはおおむね白のアクリルジェッソを用いますが、色のついた絵の具を使うこともあります。たとえば、暗い風景を描くときは、初めから黒もしくは濃いグレーで地塗りを行うのです」

影は茶で少し喉を潤してから続けた。

「ペインティングナイフで削ると、その地塗りの部分が現れます。幾層にも塗られた絵の具を削りながら剥がしていけば、最も深層に据えられた色が現れるのです」

「土を掘削《くっさく》していけば、温泉が湧き出すようなもんだな」

光はふと思いついたイメージを口にした。

「つまり、一枚の絵は世界に見立てられるわけですね？」

教授が問う。

「そうです。平面ばかりでなく、時間の堆積《たいせき》をも表現できる絵があったとしましょう。その表面にはとりどりの色が塗られ、形が表されています。しかし、その任意のある箇所をペインティングナイフで削っていくと、初めに地塗りをされた同じ地色が突出するのです」

「おぞましい地色だな」

光が顔をしかめた。

「その地色を塗りつぶすことは不可能だろうね」

と、教授。

「それは無理です」

影は即座に答えた。

「悪霊の父も、さすがにそこまでは考えていないでしょう」

「あの黒形上赤四郎だって、大いなる闇の種族には恐れをなしていたからな」

過去を振り返って、光は言った。

「その点、形上太郎は違ったようです」

影は再び経典を示した。

「自我が極限に至るまで肥大した教祖だからね。形上太郎は神になろうとした。それも、一神教の神だ。いかに大いなる先住者であろうとも、神である形上太郎の上位に立ってはならない。一全教の教祖は、文字どおりの『一にして全なるもの』と化そうとしたんだ。そして、大いなる闇の種族の怒りに触れ……雷に打たれて、黒焦げになって死んだ」

教授はそう解説したが、影は少し首をかしげた。

「怒り、でしょうか」

「そういう感情は人間ならではかもしれないな」

光が小考してから言った。

「なるほど……では、どう考えたらいいのでしょう」

教授が逆に問う。

「ペインティングナイフのたとえを続けるなら、黒い絵の具を一気に塗りつけたようなものでしょう。そこには怒りは介在していない。最も根源的なものに感情はないのです」

「だから、黒形上ですら恐れるわけだな。人間とは基本的に構造が違うんだから」

「してみると……」

お茶を啜り、教授が続ける。

「邪神の調伏《ちょうふく》を試みた者は人類史上に何人もいて、断片的には呪法も遺されていますが、そちらのほうには向かわないわけですね」

「はい」

影はまた即答した。

「調伏すべきものは父の悪霊であり、邪神ではありません」

美術調律者ははっきりとそう言明した。

「できることなら、黒形上と邪神を戦わせて、形上太郎と同じ末路をたどらせたいもんだな」

光は半ば冗談めかして言ったのだが、影の反応は違った。

「それをずっと考えていた」

意志の宿るまなざしで、青年画家は言った。

「成算はあるのか」

光が問う。

「わからない。しかし……」

影は言葉を切った。

「しかし？」

光が先をうながすと、美術調律者は色素の薄い澄んだ目で答えた。

「やるしかない」

＊

ほどなく、足音が近づき、ノックの音が響いた。

「どうぞ」

光が声をかけると、ドアが開いて長身の明が入ってきた。

「ハロー」

むかしの将校服のようないでたちだが、銀色のボタンにはすべて音符があしらわれている。スカートはまるで似合わないからおおむね男装だが、こんな道行くだれもが振り返るような恰好《かっこう》をしなくてもいいのに、と兄は思う。

「けさ帰国したんだって？」

教授がたずねた。

「そうなんです、先生。時差ボケもいいところ……あれ、影クン、どうしたの？」

明が真っ先に異変に気づいた。

影はとがったあごに手を当て、じっとある方向を見据えていた。

そのまなざしの先には、ドアしかなかった。

いま明が開き、閉じたばかりのドアだ。

「そうか」

影は軽くひざをたたいた。

「何かひらめいたかい？」

三ヶ木教授が問う。

「この世界の総体が一つのキャンバスだとします。空間ばかりでなく、時間の層も堆積している厚塗りのキャンバスです」

影はさきほどの話題を敷衍《ふえん》しながら言った。

「地層みたいなものね」

明は正しく理解した。長大な交響曲のスコアも暗譜し、高等数学にも通じた頭脳だから回転は速い。

「そう。ただし、最下層の部分は地球の内部ではなく、宇宙の果てに通じている。宇宙が宇宙でなくなる虚実一如《きょじついちにょ》の一点に、恐らく扉がある。ペインティングナイフで表層を削り、その扉を探り当てることができれば……」

影は言葉を切った。

「どうなるの？　影クン」

明の問いに、美術調律者は即答しなかった。

塑像のようなたたずまいで考えにふけっている。

「その扉の向こうでは、大いなる闇の種族が跳梁しているだろうね。旧い宇宙の支配者だったわけだから」

「すると、その扉を開けると、おぞましいものが流入してくるわけですね？」

明が教授にたずねた。

「ずっと封印されていたわけじゃないんだ。邪神たちの爪痕は、世界に遍在していると言っても過言じゃない。彼らはまだ解明されていない回路を有している。その回路が開けば、宇宙の果ても決して遠くはない。距離も時間も超越されてしまうから」

教授は説明した。

「おぞましいもの、というのは、見方を変えれば、増上慢《ぞうじょうまん》に陥った人類の偏見かもしれない」

影が口を開いた。

「なるほど」

教授がすぐさまうなずいた。

「大いなる闇の種族は邪神というレッテルを貼られ、ひとしなみに忌み嫌われている。しかし、それはただ単に原形質的であるだけで、構造が違う人類がその形状を忌避しているだけなのかもしれないね」

「邪神は邪神としてただそこに在るだけなのではないかと、『一全教真伝』を読んでいてふと思い当たったのです」

哲学者めく表情で、影は言った。

「邪神は邪神としてそこに在る、か。箴言になりそうだな」

光が感心の面持ちになった。

「たしかに、先住民の民俗音楽を聴いたら、プリミティブで不気味に感じることもあるけど、それは現代人の感覚に照らしたものにすぎないわけだから」

明も納得顔で言う。

「先住民にとってみれば、彼らの音楽を奏《かな》でているだけなんだからね」

と、教授。

「で、その音楽を使って……黒形上をどうやってやっつけるかだが」

光が話をそこに戻した。

「手段として、大いなる闇の種族を用いようとしても無理だろう。傘下に置き、その力を使おうとした伯父の二の舞になってしまう」

影は冷静に言った。

「むしろ、黒形上に同じ轍《てつ》を踏ませるように仕向けていけばいいわけだね」

三ヶ木教授はそう言って、経典をちらりと指さした。

「そのとおりです」

影はうなずき、線が細かったむかしとは別人のような意志のこもる表情で続けた。

「父は唯一無二の悪霊と称し、いままで数々の災いを起こしてきました。しかし、それは父の血の淵源である原形質的なもの、よりありていに言えば邪神的細胞を目覚めさせたにすぎません。そして、その血は、まぎれもなくぼくにも流れているのです。ペインティングナイフで絵の具を削っていき、最下層の場所に潜む扉を開くことができれば、ぼくも父に対抗できるはずです」

美術調律者は力強く言った。

その言葉を聞いて、いくらか上気した顔で、明が励ました。

「きっとできるわ、影クンなら」

＊

その後は三ヶ木教授から技術的なレクチャーを受けた。

大いなる闇の種族とのせめぎ合いは、有史以来、断続的に行われてきた。先人が叡智《えいち》を振り絞り、災いを避けるために編み出した数々の呪法が伝えられている。仏教で言えば「真言《しんごん》」に等しい呪文のたぐいを、教授はできるかぎり影に伝えた。

いちいち記す必要はなかった。錯綜したテキストだが、呪文は『一全教真伝』におおむね記されていた。

経典に貼られた付箋が増えた。

「これから暗記します」

影は笑みを浮かべた。

「一夜漬けの受験生みたいだな」

と、光。

「明日はドキュメンタリーの短篇映画の上映会がある。サイン会もどうかと館長から言われた」

「引き受けるつもりなの？」

明が訊く。

「ああ。もう逃げないことに決めた」

影はいい目つきで答えた。

「だったら、決戦は明日かもしれないな。今日はおれたちでつないでおくから、影は心配しないで勉強していろ」

光まで引き締まった顔で言った。

＊

展覧会の二日目は、何事もなく過ぎていった。

あくまでも、表面だけは。

人の内面を見通すことはできない。脆《もろ》くなった器が不意に壊れるように、その精神が崩壊したとしても、悲鳴などをあげなければ他者には伝わらない。

和美《かずみ》の場合もそうだった。

美術館の監視員のアルバイトは以前にも何度かやったことがある。椅子に座って監視しているだけだから退屈ではあるが、和美にとっては好都合だった。

和美は俳句の結社に所属する俳人でもある。椅子にじっと座っているとき、俳句も詠むようにすれば一挙両得だった。

目に映っているものはほぼ同じだ。暗い海の中から手が儚《はかな》げに突き出されている絵で、瞑想的ではあるけれどもかなり暗鬱だった。

会期の二日目は平日で、とくにイベントもない。画家本人がギャラリートークに参加した初日はずいぶん多くの若い女性が詰めかけたそうだが、今日はうって変わって閑散《かんさん》としていた。

たまに客が現れても、白いテープの内側に入ることもなく、マナーを守って鑑賞しては去っていく。絵が好みではない場合は、足早に立ち去っていくこともあった。

退屈しのぎに、和美は俳句を詠んだ。

だが……。

なぜか妙な句ばかり浮かんだ。俳句結社といっても、和美が所属しているのは前衛系で、無季俳句も容認する。和美もときどき句会に変な句を出すことがあった。

しかし、それにしても首をかしげるような句だった。

暗がりに顔浮かびゐる寒さかな

和美は瞬きをした。

この風景のどこかに、顔が潜んでいる。どこからか、ひそかにこちらの様子をうかがっている。

そんな気がしてならなかった。

しきりに喉が渇いた。トイレに立たなくても済むようにあらかじめ水分はセーブしているのだが、もっと根源的な渇きだった。

水欲しや欲しやと黒い手が伸びる

和美は天井を見上げた。

その裏側に、びっしりと黒い手が生え、バラバラの方向へ蠢いている。そんな光景が、いやにくっきりと心に顕《た》った。

おれを見ろライトの中に顔がある

和美は照明を見た。見てしまった。

ほどなく、その瞳がスーッと薄くなった。

外見上に何も変わりはなかった。本人にも自覚症状はなかった。滞りなく仕事を終え、引き継ぎを済ませた和美は美術館を出た。

翌日も監視員の仕事は入っていた。しかし、和美が姿を現すことはなかった。

人知れず人格が変わってしまった女は、電子レンジに顔を突っこんで死んでいた。

＊

だまし絵にしては変ね、と洋子《ようこ》は思った。

美術館の友の会に入っているから、たいていの展覧会は観ることにしている。たとえ好みではなくても勉強になるので、後悔することはない。

形上影の絵は気に入った。ことに、青の使い方がいい。いまは暗いけれど、やがて光に変わっていくかのような青だ。

しかし……。

その青を基調とする海や夜空に、ふとあるものが見えることがあった。

顔だ。

長い白髪をうしろになでつけた、刺すようなまなざしの男だ。鷲鼻《わしばな》で口を半開きにしている。どうやら笑っているようだ。

あまりにも鮮明に浮かんだから、巧妙《こうみょう》に描かれただまし絵ではないかと疑った。だが、そんなものが描かれる必然性は、まったく絵には認められなかった。

驚いたことに、べつの絵の中にも同じ顔が浮かんだ。

洋子は思わず振り向いた。

一度見たら忘れられない強烈な風貌《ふうぼう》の男が、うしろにぬっと立っているような気がしたのだ。

しかし、だれもいなかった。仮にだれかが背後に立っていたとしても、ガラスで覆われた絵ではない。そこに顔が映るはずがなかった。

急に吐き気がした。

血走った目をした、眼光鋭い男の顔は、展覧会場のどこにでも潜んでいるような気がした。

パーティションの上に顔がある。天井のライトの陰に顔がある。ドアのうしろに顔がある。いま足を置いた床にも薄い顔がある。

顔、顔、顔……顔だらけだ。

途中からは展示も見ず、洋子は半ば小走りで出口に向かった。

平原駅のホームに立ったとき、洋子は平静な顔をしていた。

だが、冷徹な理性を取り戻したわけではなかった。

それはもはや、洋子ではなかった。

洋子の皮をかぶった、洋子そっくりの「何か」だった。

ホームには、ほかにも人影があった。短いが、列ができている。

ほどなく、電車がすべるように入ってきた。

洋子に似た何かは、その電車に飛び込みはしなかった。

その代わりに、前にいた者の背中を思い切り突いた。

予期せぬ力を加えられた者は、短い悲鳴を発した。

そして、入線してきた電車に撥《は》ね飛ばされた。

＊

影はベッドで仰向けになっていた。

さきほどホテルの部屋から見た夕焼けは、実に毒々しい色をしていた。

美術調律者にはわかった。きっとまた、禍々しい出来事が起きたに違いない。

橋上たちも把握はしていた。会期二日目の今日も、赤い特異点は平原を中心とする随所に散らされていた。

だが、それが影に伝えられることはなかった。

黒形上赤四郎の悪霊を調伏できるとすれば、この世にただ一人、その血脈を継ぐ形上影しかいない。歪みに歪んだ不協和音を調律できるのは、影しかいないのだ。

そのためには、影の精神状態に余計な波風を立てず、十分に休養させてから対決の場に臨ませる必要がある。

そういう判断のもとに、赤い特異点に関しては箝口令《かんこうれい》が敷かれていた。


影は目を閉じた。

ほどなく、新たな絵のイメージが浮かんだ。

暗い海だ。幽かな月明かりが差している。その光が、限りなく黒に近い海の青さをかろうじて浮かびあがらせている。

海は渦巻いている。大きな渦だ。ひとたびそこに呑まれてしまえば、もはや救いはない。

渦は多くのものを呑みこんできた。あまたの船と人が犠牲になった。

渦は渦でしかない。そこには一片の慈悲もない。呑まれてしまえば、終わりだ。

その渦の上に、影はあるものを描こうと思った。

薔薇だ。

一本の儚い赤い薔薇を、渦の上空に描くのだ。

薔薇はいままさに渦に呑まれようとしている。花は一つしか開いていない。あとは散ってしまった。

それでも、たった一つだけ、薔薇は散らずに残っていた。闇の中に、仄かに赤いものが見えた。世界に残された希望はそれだけだ。あとはすべて渦に呑まれてしまった。

夢うつつのままに、影は渦の淵源を探った。暗い海の底深くへと、際限なく潜っていった。

畏《おそ》れよ、その名を畏れよ。
濫《みだ》りに唱うる勿《なか》れ。

三ヶ木教授から教わった呪文が頭の芯で響きはじめた。

渦の淵源を探ることは、自らの血の淵源に立ち返っていく行為でもあった。

影の血の淵源は、むろん、父の黒形上赤四郎と同じだ。

それは人ではない。
生命のかたちでもない。
畏れよ、畏れよ。
邪神を畏れよ。

言葉が脳髄の芯で鳴る。

教授が主として伝授した呪文は、邪神を召喚して調伏するためのものではなかった。それらは劇薬で、ひとたび使い方を誤れば身の破滅を招いてしまう。

そうではなく、この宇宙の先住者としての邪神（より正確に言えば、人類の主観のフィルターを通して不遜《ふそん》にも「邪神」と名づけてしまったもの）に敬意を払い、その存在をしっかりと認め、この世に災いがもたらされないように祈るための呪文だった。

かつて、形上太郎は黒い呪文を駆使し、邪神を傘下に置いて意のままに操ろうとした。そして、大いなる闇の種族の怒りを買い、黒焦げになって死んだ。

同じ轍を繰り返さぬよう、教授は影にもっぱら白い呪文を授けたのだ。


我は汝なり。

汝は我なり。

我が心の深き淵には、汝が棲めり。

我は宇宙の孤児として、再び汝にまみえん。

旧きものよ。

大いなる闇の種族よ。

我は汝なり。

汝は我なり。


接近する側に害意がないことを告げる呪文を、影は頭の中で反芻《はんすう》させた。


一本の薔薇を櫂《かい》のように握り、影は渦の淵源に降りていった。

やがて渦も見えなくなった。すべては漆黒の闇だ。

だが……。

心眼を凝らすと、わずかに見えた。

たった一つだけ残った薔薇の花のような赤いものが、おぼろげに見えた。

*

展覧会は三日目に入った。

短篇ドキュメンタリー映画は、展示会場に隣接する多目的ホールで上映される。自主製作映画の上映会なども定期的に行われている場所で、それなりに収容能力がある。幼稚園のクリスマス会などでも使われるから、市民にはなじみがあった。

午後一時から催される一回目の上映会の整理券

は早々となくなった。ホームページなどで告知をしてあったからか、早めに来て整理券を求める若い女性の姿が多かった。

午前中は展示を観て整理券を手にし、昼食を済ませてからホールに入ればちょうどいい。評判のいい館内の施設ばかりでなく、近くにはパスタハウスなどが軒《のき》を並べている。食事をする場所には事欠かなかった。

その一つで、美島光と明、それに安倍美明が昼食をともにしていた。

「なるほど、サプライズゲストで主役が登場するわけですね」

サンドイッチをつまみながら、現代の陰陽師が言った。

会期中はずっと言わば霊的な警備に当たっているから、いつもより顔に疲れの色が見える。

「そう。初めから予告したら、整理券のために朝早く並んだりすることになるからな」

光はそう言って、ボンゴレを巻きつけたフォークを口に運んだ。

「影クンとは連絡が取れた？　ホテルからこっそり美術館に向かうことになると思うんだけど」

明が食しているのもボンゴレだが、まだだいぶ残っていた。

と言っても、明が小食なわけではない。逆だ。すでにカルボナーラの大盛りを平らげていたのだが、兄が食べているのを見て追加注文したのだ。

二皿目も大盛りだった。健啖家《けんたんか》の老棋士が量のある定食を二つ注文して話題になったことがあるが、美人指揮者も負けてはいない。ファンには見せられない、と兄は日頃から言っている。

「美術館のスタッフと橋上さんの部下の二人がかりだ。それに、覆面《ふくめん》パトカーもつくらしい。要人並みの警護ぶりだ」

光が告げた。

「それなら安心ね」

明はそう言うと、わしっとパスタをほおばった。

「それにしても、よく食いますね。昼にがっつり食べて、夜は軽くするんですか？」

安倍美明がたずねた。

「ううん。もっとがっつり」

女性指揮者は事もなく答えた。

「実を言うと、地元には出入禁止になっている店がいくつかあったり」

光が声をひそめる。

「お店のほうだって、商売ですからね」

現代の陰陽師はおかしそうに言ったが、声はいくぶんかすれていた。

「だったら、『お代わり自由』なんて書かなきゃいいのに」

「おまえみたいな度外《どはず》れた大食いが来ることは想定してなかったんだ」

そんな調子で、見かけだけは楽しい会話が交わされているうち、雲行きが怪しくなってきた。

ガラス張りの明るいレストランの客は、不安げに外を見た。

「早く戻ったほうがいいですね」

安倍美明が言った。

「いまにも降りだしそうだな」

光が外を指さす。

「ただ降るだけじゃありません」

安倍美明の顔つきが変わった。

「あらしになります。激しい落雷もあるでしょう」

陰陽師の顔つきになっていた。

タクシーが一台、前の道路をかなりの速さで通り過ぎていった。

「あれは形上さんを乗せた車ですね。先を越されちゃいました」

瞬時に見抜いたのに、口調はいつもの軽さだ。

「待って」

明は短く言うと、猛然とフォークを動かして残りのボンゴレを平らげた。

＊

上映会が始まるころ、空は真っ暗になっていた。雷鳴が轟き、天の穴が不意に開いたかのような豪雨になった。ホールに向かう人々の顔には、一様に不安げな色が浮かんでいた。

多目的ホールの外に出ると、影の壁画が目に入る。稲妻が閃くたびに、「祈り」に塗りこめられた絵の具が怪しく光った。

「整理券をご提示ください」

「整理券と引き換えにパンフレットをお渡しします」

大豆生田学芸員ともう一人のスタッフが入口で受付をしていた。それを補佐するスタッフがカウンターを押して人数をチェックする。

ほどなく、多目的ホールは一杯になった。三十分の上映時間だから、遅刻は十分までとした。開演に間に合わなかった者も二、三人いたが、整理券を配布した客はすべてホールに足を運んだ。

入口のチェックにも見落としはなかった。スタッフはちゃんと目視をしてカウンターを押した。

だが……。

人数が合わなかった。

席の埋まり具合はスタッフルームから確認することができる。会場で警備に当たっている者と、関係者を除けば、あとはすべて客になるはずだった。

しかし、どうしても計算が合わなかった。

客は、一人多かった。

大豆生田学芸員は手際よく告げて頭を下げた。

「うまい商売をしてるわね」

「わたし、図録を忘れちゃった。初日に来たから」

「そういう客にまた物を買わせるのよ」

二人の客が陰口をたたく。

その声は、楽屋に下がっていく学芸員の耳に届いていた。

ややむっとしてそちらのほうを見た大豆生田茜の視野に、一人の白髪の男が映った。

初めは特殊なメガネを着用しているのかと思った。その男だけ、瞳の色が違って見えたからだ。

だが、学芸員がたしかめることはなかった。

見てはならない……。

直感的にそう悟ったからだ。

その判断は、正しかった。

客席に平然と座っていたのは、見てはならないものだった。

＊

「ただいまから、イタリア映画『ＥＩの青春』の上映会を開催いたします」

大豆生田学芸員が登場し、いくぶん緊張気味にマイクを握って告げた。

まばらな拍手がわく。

それが静まってから、童顔の学芸員はさらに告げた。

「上映時間は三十分です。終了後に簡単なセレモニーがありますので、ご着席のままお待ちくださ い。それから、二時よりエントランスホールの特設会場にて、形上影先生のサイン会を行います。本上映会の整理券をご提示ください。サインをする対象は本展の図録もしくはリーフレットやポストカードに限らせていただきます。お持ちでない方は、ミュージアムショップでお求めください」

＊

地下室へ下りていく階段に足音が響く。

やがて、最後の扉が開き、地下のアトリエが現れる。

青年画家はペインティングナイフを鋭く動かしている。キャンバスに亀裂が走り、地色の線が現れる。


（ナレーション・字幕） 形上影は画家である。フィレンツェで開催された国際トリエンナーレで最優秀賞を受賞し、世界的な注目を浴びた。いま美術界で最も注目されている俊英だ。

イタリアの美術館と彫刻の映像に変わる。その彫刻の一つ、巧妙に造られた青年像に影のシルエットが重なり、インタビューに変わる。


（インタビュアー［女優でもある］） あなたがいちばん描きたいものは何ですか？

（影［イタリア語・日本語字幕］） それは不可知の領域にあります。何を描きたいか、ひとたび言語化してしまえば、それは神秘性を剥奪されてしまうのです。

（インタビュアー） あなたがいちばん好きな色は何ですか？

（影） ……青です。黒に近い青。


背景に絵の具が流れ、夜空になる。

黒に近い青を溶かしたような空で星が瞬く。


（インタビュアー） あなたがいちばん行ってみたいところはどこですか？

（影）……砂漠かな。だれもいない砂漠。

風が吹く。

無人の砂漠で風紋がゆっくりと動いていく。

（インタビュアー）あなたがいちばん好きな画家はだれですか？

（影）……マーク・ロスコかザオ・ウーキー。

暗い抽象画がフラッシュのように浮かんでは消える。

（インタビュアー）あなたがいちばん好きな作曲家はだれですか？

（影）……アラン・ペッテション。

漆黒のシンフォニストと言われたスウェーデンの作曲家の暗い旋律《せんりつ》が流れ、画面が暗転する。

夜の浜辺に、影は一人で立っている。足元に波が寄せては返す。影の詩が画面をゆっくりと流れていく。

この世界は、もう終わっているのかもしれない。

希望など、どこにもないのかもしれない。

目に映るのは、きりもない暗黒だけなのかもしれない。

それでも、ぼくは前を向く。

たとえ少しでも光があれば、色と形が見える。

その儚い像《すがた》を、キャンバスの中にそっと封印する。

「馬鹿め」

闇の中で、怪しい双眸が光った。

「おまえの色と形など、このおれが即座に塗りつぶしてやる」

白髪のシルエットが不意に揺らいだ。

ほかの客からは死角になる席で、招かれざる者はゆっくりと立ち上がった。

＊

安倍美明は屋上にいた。

サイレンの音が幾重にもかさなって響いている。

空は暗い。午後の一時過ぎとは思えないほど真っ暗だった。

現代の陰陽師は両手で印を結んでいた。邪気を祓う秘印だ。普通の者が真似をすれば、間違いなく指の骨を折る。

祓いたまえ、浄めたまえ。

八百万の神々よ。

ここ平原に集結し、世を救いたまえ。

稲妻が閃き、轟音が響く。

必死に結界を張ろうとする陰陽師の体を、滝のような雨が打つ。

秘印を結び、呪文を唱えているのは安倍美明だけではなかった。橋上の指示のもと、呪術的な解析作業を行っているスタッフと入念に打ち合わせ、近隣のビルの屋上にも幾人かが配置されていた。

それによって秘教的な見えないバリアを築き、外宇宙から悪しきものが流入してくるのを防ぐのだ。

だが……。

ひときわ激しい雷鳴が轟《とどろ》いた。

安倍美明は目を瞠った。

道一つ隔《へだ》てたビルの屋上に雷が落ちた。

仲間の陰陽師が一人、黒焦げになって落下していった。

＊

「黒形上だ！」

美島孝がモニターを指さした。

ホールの控室はにわかに色めき立った。

白髪の怪しい男は、やおら立ち上がったかと思うと、自らの首をいともたやすく手で外した。

その首を胸のあたりに置く。ちょうど心臓の真上だ。

黒形上赤四郎が猟奇事件を起こしたとき、完璧な密室だった現場から、黒形上の頭部と心臓だけが消えていた。ありえないことだが、黒形上自身が二つに分裂し、自らの首と心臓を持ち去ったかのようだった。

その首と心臓を、黒一色の天才芸術家はこれ見よがしにかざした。

観客は気づかない。だれの目にも見えていないのだ。

「緊急警備体制に」

控室に詰めていた橋上が命じた。

「了解」

右田館長が立ち上がる。

立ち上がったのは、館長だけではなかった。

「影クン！」

明の声に、席を立った影は力強くうなずいた。

「どうする？」

光が短くたずねた。

「戦うだけだ」

決然たる表情で、影は答えた。

＊

ドキュメンタリー映画は、影のインタビューに変わっていた。

世界遺産の一つである宮殿の一室に、光が斜めに差しこんでいる。その淡い光が青年画家の巻き毛を照らしている。

（インタビュアー）もし、あと一枚しか絵が描けないとしたら、どんな絵を描きますか？

（影）まずキャンバスを黒く塗ります。

（インタビュアー）黒に？

（影）はい。その内奥から浮かびあがってくる光をとらえ、

そこで画面が止まった。

影が動かなくなった。

字幕だけが動いていた。

「とらえ、」のあとに、読点がすさまじい勢いで連打されていく。

、、、、、、、、、、、、、、、、、、、、、、、、、、、、、、、、
、、、、、、、、、、、、、、、、、、、、、、、、、、、、、、、、
、、、、、、、、、、、、、、、、、、、、、、、、、、、、、、、、
、、、、、、、、、、、、、、、、、、、、、、、、、、、、、、、、
、、、、、、、、、、、、、、、、、、、、、、、、、、、、、、、、

会場がざわめきはじめた。

映画の演出にしては変だった。

やがて、読点の波が引き、再び文字が現れた。

だが……。

以前と同じ書体ではなかった。醜くゆがんでいた。

おれが口を開き、言葉を発すれば、世界は凍る。

靴音が近づいてくる。

映像の中の影は動かない。

何かに驚いたかのような、こわばった顔のままだ。

おれが筆を執り、色を塗れば、どこかの村が滅びる。

おれが口を開き、歌を口ずさめば、遠くで千人が狂う。


さらに靴音が近づく。

「なに、これ」

「おかしいぞ」

「いったいどうなってるんだ」

客席から口々に声が上がった。

おれが筆を執り、形を表せば、見えない牢獄ができる。

映像の中の影も、見えない牢獄に囚われているかのようだった。


その囚人の背後から、だしぬけに人影が現れた。

それだけが動いていた。

ホールに悲鳴が響いた。

だしぬけに現れた男は、あるべきところに首がなかった。

自らの首を胸に抱いていた。

それは、黒形上赤四郎だった。

*

「何だこれは……」

多目的ホールの技術室で、安乗設備主任は絶句していた。

「安乗君、どうなってるんだ」

息せき切って右田館長が飛びこんできた。

「わかりません。想像を絶する事態です」

設備主任は顔面蒼白で答えた。

「中止だ」

館長は鋭く命じた。

技術室にも交錯する悲鳴が伝わってきた。客は我先にと逃げだしているらしい。

「切れないんです」

設備主任が包み隠さず告げる。

「何だって？」

「常識に照らせば、映らないはずのものが映っています」

顫《ふる》える指が、モニターを示した。


無知なる者たちよ、おれの言葉を聞け。


黒形上赤四郎の悪霊は、ゆっくりと首を本来の場所に据えた。

回す。

ぐるりと首を一周させると、黒形上は続けざまに瞬きをした。


そして、しゃがれた甲高い声でさらに言葉を発した。

おれがこの滅ぶべき世界に撒き散らした、聖なる元型を見よ。


再び、読点のあらしになった。

ただし、そのどれもが微妙に動いていた。

ひと目見たら最後、その元型は脳髄の最奥の部分に楔《くさび》となって突き刺さる。

その楔を、二度と抜き去ることはできない。

、、、、、、、、、、、、、、、、、、、、、、、、、、、、、、、、、、、、
、、、、、、、、、、、、、、、、、、、、、、、、、、、、、、、、、、、、
、、、、、、、、、、、、、、、、、、、、、、、、、、、、、、、、、、、、
、、、、、、、、、、、、、、、、、、、、、、、、、、、、、、、、、、、、

揺れる、揺れる、読点が揺れる。

蠢く、蠢く、悪霊が固執する元型が蠢く。

客席から人影が消えた。

すべて逃げ去った。出口で何人かが将棋倒しになり、負傷者が出た。壁画が飾られたエントランスホールのほうから、悲鳴と怒号が響いてくる。

平原市立美術館は大混乱に陥っていた。

だが、ほどなく、無人になったホールのステージに、敢然《かんぜん》と現れた人影があった。

舞台裏から躍《おど》り出たのは、美術調律者だった。

*

「影!」

舞台の袖から、光が声をかけた。

「影クン」

両手の指を組み合わせて、明も見守る。

画面の中から、笑い声が響いた。


他者の存在それ自体を封殺するかのような笑いだ。

「おれは存在のステージを超えた」

黒形上赤四郎は傲然とそう言い放った。

映像の中の影を含め、すべてが停止している世界の中で、異形の芸術家だけが動いていた。

「これから、むかしのおまえを抹殺してやる」

黒形上は止まっている影に向かって両手を伸ばした。首をつかみ、扼殺《やくさつ》するかのようなしぐさだ。

「抹殺されるべきは、おまえだ」

影は父に指を突きつけた。

「ほほう……どうやって抹殺するんだ。おれと同じ平面に立てるのか?」

悪霊の父の問いに、影は毅然とした声で答えた。

「立てる。血の淵源は同じだ」

ホールの灯りが明滅しはじめた。

影のほおのあたりにさざなみめいたものが走る。

「あっ」

明が声をあげた。

輪郭《りんかく》が揺らいだかと思うと、美術調律者の姿がふっと消えた。

「影！」

光が駆け寄る。

しかし、そこに友の姿はなかった。

形上影は、黒形上赤四郎と同じ平面に立っていた。

レベル8

扉の向こうに潜むもの

最後の日

この世が終わる日、空は真っ黒な翼で覆いつくされるだろう。
太陽よりも赤い目を持つものがすべてを焼きつくすだろう。
灼熱の山脈に死骸が散乱し、港は動かない人体で埋めつくされるだろう。

この世が終わる日、おれは存在のステージをさらに一歩上るだろう。
かぎりなく神に近かったおれは、ついに本当の神になるだろう。
世界のありとあらゆる地点を睥睨する、一にして全なるものとなるだろう。

この世が終わる日、世界はおれになるだろう。

『黒形上赤四郎詩集』より

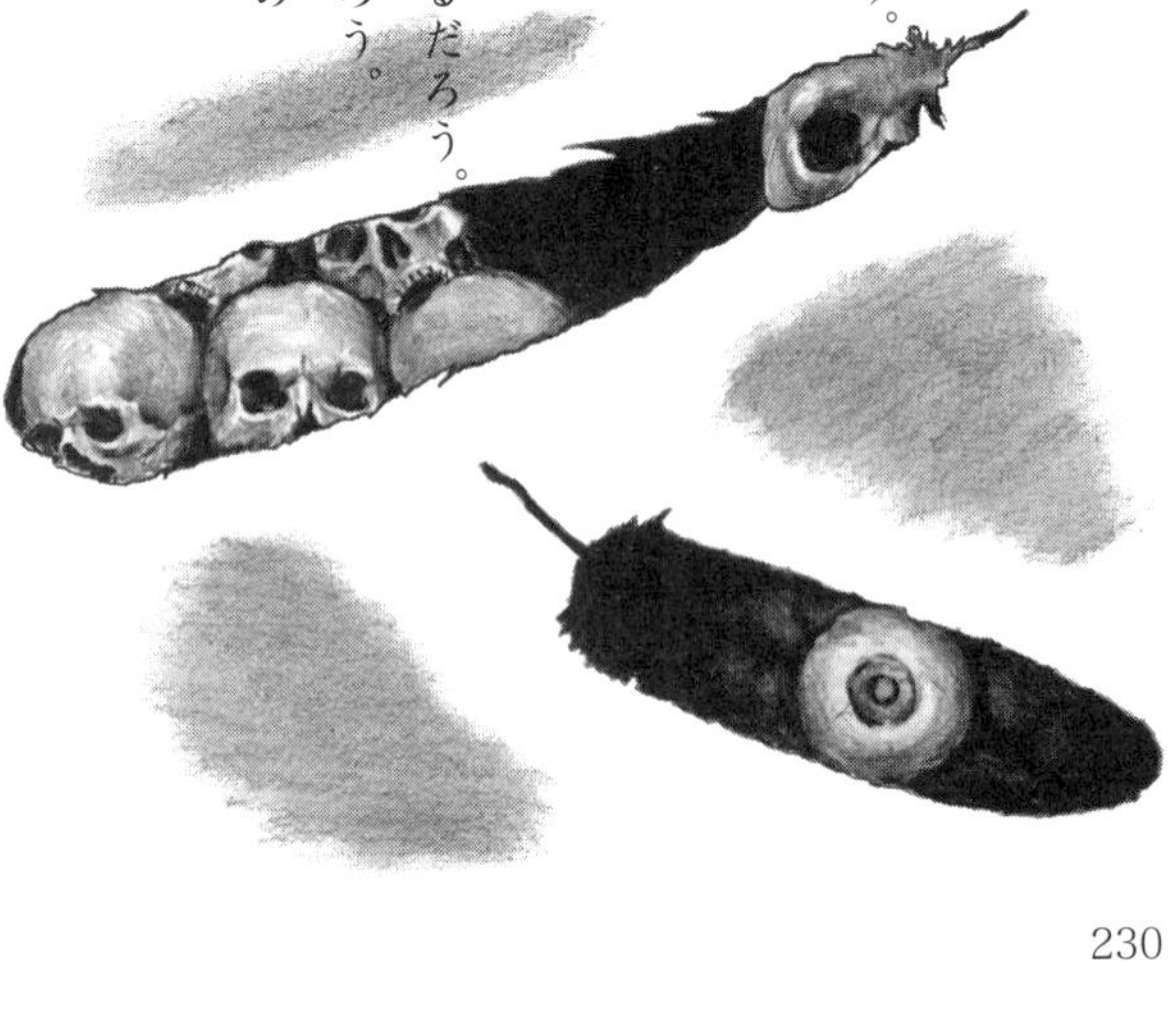

喚《よ》ぶ声がした。

自らの血の淵源、その深い闇の中から喚ぶ声がした。

言葉それ自体の淵源となる原初的な母音《ぼいん》──明晰な言語に還元することが不可能なものが、最も深い闇の中から陰々と響いていた。

その大いなる闇の喚び声に耳を澄ませているうち、存在の芯がふっと軽くなった。

影の脳裏を、まだデッサン段階の最新の絵がかすめた。

孤絶の岩礁を荒い海が取り囲んでいる。無数の渦が蠢く海を、一隻の船が渡っている。その船体だけが白い。

自分の体が、いまだ描かれていない絵の船になったかのようだった。

絶対にありえないことがごく自然に起きていた。

血の淵源を思い、喚ぶ声を聞いた影は、その流れに乗った。

そして、不意に視野が拓《ひら》けた。

そこにはもう一人の影がいた。彫刻のように動かないその姿に向かって手を伸ばすと、二人の影は瞬時に合一した。

影は瞬きをした。

視野が定まる。

正面に、異形の男が立っていた。

「来たな」

悪霊の父が言った。

「おまえも存在のステージを超えられたのか」

黒形上赤四郎は少し意外そうに言った。

影はゆっくりとうなずいた。

悪霊の輪郭が揺らいだ。

その背後は、黒い絵の具で下塗りしたかのような闇だ。そこはもうドキュメンタリー映画の舞台ではなかった。

「これは、最後の戦いだ」

父に向かって、影はそう宣告した。

「ほう」

黒形上があごを上げる。

「おまえがこの世に災いをもたらすのは、今日で終わりだ。美術調律者として、ぼくはおまえを調律する」

そう告げると、悪霊の父はやにわに哄笑した。聞く者の脳髄を攪拌《かくはん》するような嗤いだ。

「面白い」

黒形上赤四郎は両手で首を持ち上げた。

胸からは赤い心臓が飛び出していた。脈々と鼓《こ》動《どう》を打っている。

その前に、万能の黒い芸術家は自らの首をかざした。

首の断面からはビラビラとした肉片が覗いていた。さらに、蒸気……いや、瘴気《しょうき》のごときものが立ちのぼっている。

そこだけ靄《もや》がかかったようになっていた。大いなる闇を背後に従えた、混沌の靄だ。

「ならば、これを調律してみろ」

ありうべからざるところにある顔の口が開き、影に告げた。

そして、最初のおぞましい絵が現れた。

＊

「影クン」

多目的ホールの客席で、明は両目を瞠った。

「なんてこった……」

その隣で、光が中腰になってうめく。

美島家のきょうだいの目の前には、ありえざる光景が広がっていた。

イタリアで制作された影のドキュメンタリー映

画の中で、影と黒形上赤四郎が対峙している。むろん、それは過去に制作されたものではない。リアルタイムで起きている出来事だ。

「見守るしかないな」

美島孝も、喉の奥から絞り出すように言った。

「いったいこれは何です？　どうすればいいんです？」

安乗設備主任が引き攣った顔で現れて問うた。

「できることはないでしょう」

孝が答えた。

「影クンに任せて、見守るしかないわ」

明の言葉に、設備主任はようやくうなずいた。

「そして……祈るしかないな」

光が言った。

エントランスホールのほうから声が響いてきた。

「壁画が動き出したぞ」

右田館長の声だ。

そこでもありえないことが起きているらしい。

「結界を張れ」

橋上が怒鳴る声が聞こえた。

いつもの冷静な口調ではない。ひどく切迫した調子だった。

「流入してくるものは防げない。美術館の外部へ累が及ばないようにしろ」

鋭く命じた相手は、恐らく安倍美明だろう。

いまも雷鳴が轟いている。外宇宙から流入してくるものに対して結界を張ろうとしても、犠牲者を増やすだけだ。陰陽師は次々に黒焦げになって死ぬ。

そこで、美術館の近辺は明け渡すことにして、一般社会に累が及ばないように改めて結界を張らせることにした。霊的国防を司る長としては、苦《く》渋《じゅう》の選択だった。

黒形上赤四郎は、自らの血の淵源をたどり、すでに扉を開けていた。

開けてはならない扉だ。

その向こうの深い闇の中で、原形質のものが蠢く気配がした。

「見て！」

明が画面を指さした。

本来なら黒形上の首があるべき部分が翳っている。

そこに、不意におぼろげな額縁《がくぶち》のようなものが浮かんだ。

「絵だな」

光がつぶやく。

ほどなく、その絵が鮮明になった。

「うっ……」

孝が胃を押さえてうずくまった。

「うわ」

明も顔をしかめた。

光は言葉を発しなかった。

その代わり、激しく嘔吐しはじめていた。

黒形上赤四郎が闇の中から浮かびあがらせた絵は、見た瞬間に吐き気を催すほどおぞましかった。

「見ろ」

悪霊の父が言った。

「これがわれわれの血の淵源だ。おれは見てしまった」

黒形上の長い指が一閃する。

四角形にぼんやりと区切られていた部分に、最初の絵が浮かびあがった。

静止した絵ではない。それはふるえるように動いていた。

巨大な無毛のものは何かに似ていた。

蛸《たこ》だ。吸盤《きゅうばん》だらけの蛸が深海とおぼしい場所で蠢いている。

忌まわしい生き物には、人面に似たものが備わっていた。

まぶたのない白目がちの両眼、申し訳程度の鼻、そして、いやに分厚く毒々しい赤色の唇。著しく均衡《きんこう》を欠いた造作だ。

しかも、その歪んだ顔には、笑みに似たものが浮かんでいた。一度見たら忘れられない、おぞましい笑いだ。

「どうした。調律できないのか？」

父の言葉で、影は我に返った。

ありえざる場所だが、元はといえば、影のドキュメンタリー映画だ。周囲を見回すと、目になじんだものがあった。

愛用のパレットと道具だ。影は急いで駆け寄り、ペインティングナイフをつかんだ。

蛸のような怪物は笑いつづけている。その口が歪むたびに、無数の貝が腐ったような耐えがたい臭いが発せられる。

影は大型のペインティングナイフを構えた。

塗るのは絵の具ではない。アクリルジェッソでもない。

気だ。

あるいは、影自身の心だ。

絵の具などで封印できるような存在ではなかった。それは怪しく動き、強烈な悪臭を発していた。

影の手が振り下ろされた。

輝く白が、怪物の赤い唇を封印する。

縦に一本の線が塗られただけで、おぞましい笑いが消えた。

悪臭が止んだ。

おぼろげな四角形から、怪物の姿が消えた。

あとには白い線だけが残った。

輝く白。

一閃された、純白の線。

それはまるで、荒れ狂う深い闇の海を渡る一隻《せき》の船のようだった。

＊

「いまのは小手調べだ」

悪霊の父が言った。

「われわれの血の淵源には、さまざまな種族がいる。おれの血だけが黒いのだ。この世でただ一人、黒い血を有するおれは、その選ばれて在《あ》ることの恍惚と怒りを胸に、人間どもが観たら即座に発狂するような作品を制作してきた。笑止なことに美術調律者を名乗るのなら、これを調律してみろ」

黒形上赤四郎はそう言うなり、やにわに肩を揺らした。

首があった場所に、次の絵が浮かんだ。


いちめんの砂漠だ。

ただし、駱駝《らくだ》がのんびりと歩むような牧歌的な場所ではない。それは地球ですらなかった。世に知られない異星の砂漠だ。

その果てに、赤い山がそびえ立っている。いや、山ではない。あまりにも巨大だから山に見えるが、それは無機質なものではなかった。

動く。

赤い山に似たものには、翼が備わっていた。ただし、貌《かお》がなかった。無貌《むぼう》ゆえに、なおさらその姿は忌まわしかった。

ザリガニと同じ色の翼を広げ、怪物が飛び立つ。たちまち砂塵《さじん》が舞い上がり、影を襲った。

「われわれは、こうなっていたかもしれない」

黒形上が言った。

「目もなく口もなく、ただ砂漠の上空を舞うだけの哀れなものだが、地球にもその末裔《まつえい》はたしかに存在している。翼で犠牲者の全身を包み、骨を寸断して圧死させることにより、その人間としての存在をすべて吸収するのだ」

「名は？」

影は短くたずねた。

「ない」

悪霊の父が即座に答える。

「名を有するということは、人間の乏しい知力の範囲内に収まっている証だ。真に恐ろしいものは、名づけることができない」

「人知を超えたもの、だな」

「あえて名づければ、そうなる。さあ、どうした。手も足も出ないか」

黒形上は挑発するように言った。

影は再びペインティングナイフを構えた。

鈍く光る赤い翼をもつものに向かって、影は意外な線を描いた。

不毛の砂漠から天に向かって、明るい緑の線をいくつも続けざまに描いたのだ。

それによって、画面の雰囲気は一変した。

翼あるものの動きが、にわかに緩慢になった。

「補色ね」

客席で観ていた明が言った。

「赤を引き立てるための緑じゃない。逆に、殺すための明るい緑だ」

画家の光が解説した。

「それだけじゃないわ。砂漠を草地に変えていく」

明が指さした。

「翼ある怪物にとっては、ほかの生命体の存在は何よりの脅威だ。いままでは、荒涼たる砂漠の孤独それ自体を生命の糧《かて》としてきたのだからね」

いつのまにか客席に移ってきた三ヶ木教授が

言った。

エキスパートが指摘するとおりだった。

赤い翼を持つ怪物は咆哮《ほうこう》した。発声器官を持たない怪物にとっては、それは存在の魂の叫びだった。

画面が不意にひび割れ、緑の線で埋めつくされた。

次の瞬間、怪物は轟音とともに砕け散った。

*

影の試練はさらに続いた。

帯のごときものが這いうねっている。鰻《うなぎ》や深海魚にも似ているが、違う。

見る者の不安をかき立てるような動きだった。しかも、頭尾の始点と終点が常にあいまいにかすんでいた。存在がくっきりと区切られていないのだ。

「これもおれと同じく、存在のステージを超えたものだ」

黒形上が言った。

「頭は原初に、尾は終末に触れている。いずれが尾か頭かも定めがたい」

しゃがれた甲高い声で、異形の芸術家は続けた。

「目はない。這いうねる混沌でもあるこの帯状の邪神は、世界それ自体の象徴であるとも言える。無明《むみょう》の闇の中で、息絶えるまで蠢きつづけるのだ」

「おまえは外部に立っているつもりなんだな?」

影は問うた。

「つもり、ではない。おれは世界を睥睨している。ゆえに、このようなものも絵の中に封じこめることができた。おまえにできるか?」

悪霊の父が問い返す。

「おまえには、恐ろしいものはないのか」

「……ない」

影は聞き逃さなかった。

言葉が発せられる前に、一瞬の間があった。無敵の黒一色の天才・黒形上赤四郎なら、「ない」と即答しなければおかしい。

影は確信した。

あるのだ。

父にも恐れるものがある。

たしかに、ある。

それと戦わせることができれば、かつて形上太郎が……。

「どうした、影」

悪霊の父はじれたように言った。

「天才青年画家だのともてはやされて、ご大層な映画まで制作してもらったのに、美術調律者とやらはこんなものすら封印できないのか」

映像の中で、乾いた嗤《わら》いが響いた。

「予想どおりだな」

客席で腕組みをして、孝が言った。

「あれが予想どおりなの？」

間断なく不安な動きをしている邪神を指さし、明が意外そうにたずねた。

「違う、違う。黒形上が息子の影君に嫉妬して、展覧会に必ず姿を現すだろうという予想だ」

「ああ、なるほど」

「黒形上赤四郎には熱狂的なファンがいたが、その反社会的な作風のために、一般に広く認知されることはなかった。自我が極限に至るまで肥大した黒形上にとっては、それは呪わしく耐えがたいことだった」

かつては画商として蜜月時代もあった男が言う。

「だからこそ、世を呪う悪霊になったんだからな。出自の問題もあるけど」

と、光。

「黒形上は幼い影君に不良品の烙印を押した。『おれにならなかった』という理不尽な理由で度外れた溺愛から虐待《ぎゃくたい》に転じ、その手で殺してバラバラにした母親の血の海の中に取り残したんだ。その捨て子みたいな影君が華々しい脚光を浴びることを、黒形上は許せないはずだ」

「張った網には掛かったわね」

明がうなずく。

「ただし、あの邪神をどうやって退治すればいいのか」

教授が画面を指さした。

「資料には出ているものですか?」

孝が問う。

「さまざまな呼ばれ方をしていますが、最も多いのは……」

三ヶ木教授が難しい発音をしたとき、影のペインティングナイフが動いた。

「あっ」

明が声をあげる。

美術調律者の指先から、光り輝く白い輪が放たれた。それは這いうねる邪神の頭に近い部分を過たず捕らえた。

だが……。

思わぬ攻撃を受けた蛇のごときものは、抗って激しく跳ねた。尾に近い部分、終末と通じていると言われるところが四方八方へ動く。

「うわっ!」

光が悲鳴をあげた。

尾の枝分かれした部分がやにわに画面から突出し、客席をかすめていったのだ。

巨大な蚯蚓かアメーバのごときものだった。一瞬で戻ったが、嗅いだことのない耐えがたい悪臭が残った。

孝と教授が、たまらず嘔吐しはじめる。

「影クン、しっかり」

明は気丈に立っていた。

胸ポケットから短い指揮棒を取り出し、影に気を送るように、画面に向かって鋭く振り下ろす。

長大な交響曲の幕開けのような一閃だった。

その裂帛《れっぱく》の気合は、苦闘中の影のもとへたしかに届いた。

怪物の尾の攻撃をかわすのに汲々《きゅうきゅう》としていた影は、ようやくわずかな余裕を得た。

「この色と形は唯一無二のもの。鎮まれ！」

伝説の聖域修復師のごとくに告げると、美術調律者は鋭くペインティングナイフを動かした。

虚空に輪が生まれた。その形は凛とした光を放っていた。

一点の陰りもない白い輪は、邪神の尾を縛《いまし》めた。

二つの輪が絞りあげる。

激しく這いうねっていたものは、いくたびか断末魔のごとき痙攣をした。

そして、動かなくなった。

＊

影は肩で息をしていた。

それほどまでに手強《てごわ》い怪物だった。

しかし、それで終わりではなかった。黒形上の首があるべきところに、すぐまた次の映像が浮かんだ。

「多少は成長したようだな。それは認めてやろう」

心臓の前に置かれた悪霊の首、その歪んだ口が動く。

「これも世界の始源を司る邪神の一つだ」

おぼろげな映像が揺らぎ、少しずつ定まっていった。

そこに現れたものは、黒光りがしていた。どこもかしこもてらてらと濡れるように光っていた。

それは地上でいまなお忌み嫌われている虫によく似ていた。ただし、はるかに大きく、直立していた。

足の数も多かった。それがバラバラの向きに動いている。

「世界の始源を、おまえは手中に収めたのか」

態勢を整え、影は詰問《きつもん》した。

「あそこまで行ったのは、有史以来、おれだけだろう」

黒形上は首を抱えた胸を張った。

「ほかの人類は、ことごとく邪神のえじきになるか、恐れをなして引き下がっていった。人間ではないおれだけが、世界の淵源の消息をたしかめることができたのだ」

「それをだれが証明できる？　おまえも引き返したのではないのか？」

影が挑発すると、切断された頭部が真っ赤に染まった。

「ほざくな！」

悪霊の父は怒った。

「おまえごときに何が分かる。イタリア人などにおだてられていい気になるな。おれは黒形上赤四郎だぞ！」

何の論理にもなっていなかった。ただ怒りにまかせて、やみくもに怒鳴っているだけだった。

影は確信を強めた。

怒っているのは、図星を指された証拠だ。本当に恐ろしいものを、この男は見ていない。恐れをなして引き返したのだ。

「四の五の言ってないで、この忌まわしいものを調律してみろ。おまえにできるものならな」

悪霊の父は左手を挙げて示した。

おぞましい虫が蠢く。

よく見ると、虫には小さな口も備わっていた。

影がそれを発見し、「口がある」と認識した瞬間、予期せぬ異変が起きた。

忌まれた大きな虫の、てらてらと光る腹のあたりから「口」という字がゆらゆらと立ちのぼり、少しずつ膨張しながら襲ってきたのだ。

「これは最も邪悪な鏡のごときものだ」

冷静さを取り戻して、黒形上が言った。

「鏡が何を写すか、戦慄とともにわかるだろう」

黒形上はそう言い放った。

その予言は、さほど間を置かずに現実のものとなった。

だが、その戦慄を味わったのは影ではなかった。ホールで映像を観ていた観客だった。

＊

「うわっ、何よこれ」

明が画面から現れたものを振り払った。

それは「厭」という字だった。足だらけの大きな黒い虫を見て嫌悪感を催した明は「厭だ」と思った。

その感情を、始源の虫の腹の部分が写したのだ。

厭厭厭厭厭厭厭厭厭厭厭厭厭厭厭厭厭厭厭厭厭厭
厭厭厭厭厭厭厭厭厭厭厭厭厭厭厭厭厭厭厭厭厭厭
厭厭厭厭厭厭厭厭厭厭厭厭厭厭厭厭厭厭厭厭厭厭
厭厭厭厭厭厭厭厭厭厭厭厭厭厭厭厭厭厭厭厭厭厭
厭厭厭厭厭厭厭厭厭厭厭厭厭厭厭厭厭厭厭厭厭厭
厭厭厭厭厭厭厭厭厭厭厭厭厭厭厭厭厭厭厭厭厭厭

次から次へと、虫の腹から字が飛び出し、膨張し、崩れながら、「厭」という感情を宿した主体のほうへ襲ってくる。

「寄るなっ！」

光が叫んだ。

魘されるような光景だった。

そう思ったときには、もう遅かった。

魘魘魘魘魘魘魘魘魘魘魘魘魘魘魘魘魘魘魘魘魘魘
魘魘魘魘魘魘魘魘魘魘魘魘魘魘魘魘魘魘魘魘魘魘
魘魘魘魘魘魘魘魘魘魘魘魘魘魘魘魘魘魘魘魘魘魘
魘魘魘魘魘魘魘魘魘魘魘魘魘魘魘魘魘魘魘魘魘魘
魘魘魘魘魘魘魘魘魘魘魘魘魘魘魘魘魘魘魘魘魘魘
魘魘魘魘魘魘魘魘魘魘魘魘魘魘魘魘魘魘魘魘魘魘

おぞましい同じ字が顫えながら襲ってくる。

「字が変わるぞ」

少し離れたところで、孝が声をあげた。

怖怖怖怖怖怖怖怖怖怖怖怖怖怖怖怖怖怖怖怖怖怖
怖怖怖怖怖怖怖怖怖怖怖怖怖怖怖怖怖怖怖怖怖怖
怖怖怖怖怖怖怖怖怖怖怖怖怖怖怖怖怖怖怖怖怖怖
怖怖怖怖怖怖怖怖怖怖怖怖怖怖怖怖怖怖怖怖怖怖
怖怖怖怖怖怖怖怖怖怖怖怖怖怖怖怖怖怖怖怖怖怖
怖怖怖怖怖怖怖怖怖怖怖怖怖怖怖怖怖怖怖怖怖怖

払いのけられたその字は「怖」から少しずつ変容していた。

怖怖怖怖怖腐腐腐腐腐腐訃訃訃訃訃訃訃訃……

「見ないで」

教授が切迫した口調で告げた。

「それを見てはいけない」

明は危うく目をそらした。

罦罦罦罦罦罘罘罘罘吺吺吺吺吺吺吺吺吺……

黒い虫から放たれたものは、次々に変容し、ついには世に現れたことのないおぞましい形になった。

その過程を見てはいけない。認識してはならない。瞬時に精神が退行し、知識の体系は瓦解《がかい》してしまう。

「影クン、なんとかして」

「厭」にまとわりつかれた明が助けを求めた。

蠢いている、犇めいている。

臭いを発している、腐っている。

そう思うたびに、

蠢蠢蠢蠢蠢蠢蠢蠢蠢蠢蠢蠢蠢蠢蠢蠢蠢蠢蠢蠢蠢蠢
蠢蠢蠢蠢蠢蠢蠢蠢蠢蠢蠢蠢蠢蠢蠢蠢蠢蠢蠢蠢蠢蠢
犇犇犇犇犇犇犇犇犇犇犇犇犇犇犇犇犇犇犇犇犇犇
犇犇犇犇犇犇犇犇犇犇犇犇犇犇犇犇犇犇犇犇犇犇
臭臭臭臭臭臭臭臭臭臭臭臭臭臭臭臭臭臭臭臭臭臭
臭臭臭臭臭臭臭臭臭臭臭臭臭臭臭臭臭臭臭臭臭臭
腐腐腐腐腐腐腐腐腐腐腐腐腐腐腐腐腐腐腐腐腐腐
腐腐腐腐腐腐腐腐腐腐腐腐腐腐腐腐腐腐腐腐腐腐

面妖な字体の文字が増殖しながら波のように押し寄せてくる。

このままでは溺れてしまう。おぞましい字の海の中で死んでしまう。

ホールはたちまち地獄と化した。


「どうした？」

黒形上赤四郎はせせら笑った。

「おまえの色と形は通用しないようだな」

悪霊の父が嗤う。

影は苦戦していた。

怪しい文字を放つおぞましい虫に向かって、影は細かい白い線で対抗しようとした。ペインティングナイフを矢継ぎ早に動かし、文字を封殺して虫の心臓部を狙う。

だが、放たれてきた文字を打ち落とすのに精一杯で、忌まわしい鏡を断ち割ることができなかった。

焦れば「焦」が、怒れば「怒」が新たに放たれてくる。邪悪な鏡は感情を写す。これではきりがない。

影は窮地《きゅうち》に陥った。

だが、ここで不意に援軍が来た。

影を救ったのは、背後からの声だった。

「影クン、うしろ!」

明は叫んだ。

目に見えない音楽、それもわずかな音の狂いも聞き分ける指揮者の頭脳は、おぞましいものの弱点を直感的にとらえていた。

原初的恐怖を体現したかのような忌まわしい字を吐く虫は、黒々とした鏡のごときものだ。

しかし、鏡には裏面がある。必ずうしろがある。前から襲って来るものをことごとく映し、返り討ちにすることができる鏡でも、背後から来るものを映すことはできない。鏡の裏面は、もはや鏡ではないのだ。

その「うしろ」に、弱点がある。

明の助言は、影にとっては大いなる啓示となった。

美術調律者の手が動いた。

弓を力のかぎりに引き絞るような動作をすると、影は心の絵の具を絞り出し、ペインティングナイフを鋭く閃かせた。

飛んだのは、白い矢ではなかった。

それは、黒かった。

美術調律者の魂のこもった黒い矢は、闇を切り裂いて飛んだ。保護色に彩られたものは、邪悪な鏡には写らなかった。

それは黒い虫の裏面に回った。うしろを突いた。
貫く。
矢はおぞましいものの存在の芯を貫いた。

　滅滅滅滅滅滅滅滅滅滅滅滅滅滅滅滅滅滅滅滅滅滅
滅滅滅滅滅滅滅滅滅滅滅滅滅滅滅滅滅滅滅滅滅……

忌まわしいものの口から、悲鳴の代わりに文字
が放たれた。

　苦苦苦苦苦苦苦苦苦苦苦苦苦苦苦苦苦苦苦苦苦苦
苦苦苦苦苦苦苦苦苦苦苦苦苦苦苦苦苦苦苦苦苦……

無数の足が苦悶するように動く。
そして、最期に特大の字を吐き出し、邪悪な鏡
は前のめりに倒れた。

死

そして、二度と起き上がらなかった。

＊

「具象画ばかりか？」
影は問うた。
「世界の根源的な部分は、具象だけでは掬《すく》い取れ
ないはずだ」
勢いを得た影は、父に向かってそうたたみこん
だ。
黒形上は首を持ち上げた。
毒々しい心臓が覗く。それは初めのころより少
し肥大しているように見えた。
「ならば、抽象画を見せてやろう」
首を胸に戻して、悪霊が言った。

初めに浮かんだのは、ピラミッドが塔に変貌しつつあるような図形だった。長い三角錐は、単独であったり、群れを成していたりした。

その数が徐々に増えていく。闇の奥へと連綿と続いていく。

「これは、素数だ」

黒形上赤四郎は首があるべきところを指さした。

「素数がなぜ生まれ、素数でありつづけるのか、人間の頭脳はまだ解明していない。その秘密を解いてみろ」

悪霊の父が迫る。

影は奇妙な抽象画を凝視した。

1から2へ、2から3、そして5へ。自らと1でしか割り切れない数の三角錐《すい》がつらなっていく。

闇の奥へ累々と連なる微細な三角錐の林は、瞬時に数を認識することが不可能だった。

しかし、どれもが素数だった。

その証に、三角錐の根の部分がうっすらと赤く染まっている。

根の部分はどこかに通じているように見えた。世界を世界たらしめている回路、その秘められた構造に、かすかに赤い根はたしかに触れているのだ。

それを剔抉《てっけつ》せよ。

その手で抉《えぐ》り出し、解明の知の光で照らせ。

内なるもう一人の影が命じた。

美術調律者の鋭いまなざしは、隠されているものを見抜いた。

素数の根には、同じものが埋めこまれている。その集積が、恐らくはこの世界の根底にある。まだ何も描かれていないキャンバスのごときものが、この宇宙の最深部に潜んでいる。

影はペインティングナイフを構えた。

色を塗るためではない。削ぎ落とすためだ。

「どうした、影。もう色は塗れないのか」

悪霊の父が挑発した。

「おまえはおれにならなかった。おれの偉大な遺伝子を受け継ぎながら、おれになろうともしなかった。おまえは、不良品だ」

「黙れ」

影は鋭く言った。

「なんだと？」

黒形上が目を剥いた。

「黙れ、と言っている。汚らわしい」

「……だれに向かって言っている」

異形の天才の声が低くなった。

「この世で最も愚かな芸術家に向かって言っている。おまえが制作したものは、ことごとく子供だましだ。あるいは、子供の玩具遊びに等しいものだ。肥大した自我を単純に投影し、おのれではない他者を呪うばかりで、精神の陰影やグラデーションに乏しい。愚劣で哀れな芸術だ」

影は敢然とそう言い放った。

「愚かなのは、おまえだ！」

異形の父はひび割れた声で言った。

「おまえは何も知るまい。血の淵源、その最も濃い闇に潜む、真に恐ろしいものを知るまい」

「ならば、見せてくれ。ここに召還してくれ。おまえならできるだろう。万能の天才・黒形上赤四郎に不可能はないはずだ」

「……いずれ、見せてやる」

影は気づいた。

いまの言葉は、しばしの逡巡《しゅんじゅん》ののちに発せられた。

恐れている。

やはり、黒形上赤四郎にも恐れるものがあるのだ。

「何をしている。そのナイフは見せかけか」

態勢を整え直し、自らの首を心臓の前に置いた男が言い放った。

「いま動かす。存在の根を抉り取る」

影はそう答えると、外科医のメスのようにペインティングナイフを動かした。

長い三角錐の根の部分に亀裂が走った。

膜が剥がれていく。

秘められていた球体が姿を現した。

素数の心臓のごときものは、膜を剥がされると色合いが変わった。

それはもう赤ではなかった。

一瞬ごとに明滅しながら回転する球体——それは、虹色に染まっていた。

＊

ひときわ激しい落雷が美術館を襲った。

また一人、陰陽師が落下して絶命する。

そのむくろは、たちまち黒焦げになった。

巨大な壁画が動いていた。

絵の具を飛び散らせながらゆっくりと渦巻いていた「祈り」は、虹色の球体が現れた瞬間に変容した。

壁画全体から、やにわに無数の手が突き出されたのだ。

それは作品ではなかった。

作品であるはずがない。壁画から突出した手は、半ば腐ったり焼けただれたりしていた。そのおびただしい手が、どこにもない救いを求めてバラバラの方向へ動く。

ひと目見るなり、ある者は心臓発作を起こして急死し、またある者はだしぬけに壁画を指さして笑いはじめた。精神がその光景を許容しきれず、瞬時に発狂してしまったのだ。

悲鳴が交錯し、雷鳴が轟く。魂の避難所《アジール》と言うべき美術館は、たちまちこの世の地獄と化した。

「全部剥がれるぞ、影」

多目的ホールの座席から立ち上がり、光が画面を指さした。

闇の奥で変容が始まっていた。影がペインティングナイフを振るったのは一カ所だが、結果は全体に通じていた。

「なに、あれ。卵みたい」

明が瞬きをする。

三角錘の根のあたりから取り出された球体は、明滅しながら虹色に光っていた。

たしかに、卵に見えた。素数の数だけ存在する、忌まわしい卵だ。

「一にして全、全にして一なるもの……」

三ヶ木教授がうめくように言う。

「なるほど、それで全体に……」

孝がかすれた声で言った。

「あれはいったい何です？　教授」

光がたずねた。

教授は少し間を置いてから答えた。

「外宇宙へ通じる扉の守護者、と申しましょうか」

「外宇宙？」

「ええ。そこはもう、この宇宙ではありません」

「じゃあ、どうなってるんです？」

「わかりません」

三ヶ木教授は即座に答えた。

「有史以来、だれも足を踏み入れた者はいないし、消息を伝えた者もいません。そこは人知を超えた領域です」

教授の顔には恐れの色が浮かんでいた。

素数の根から現れた卵のごとき球体の群れは、少しずつ蝟集《いしゅう》し、微細な渦を巻きながら一つの流れに合一していった。

その異形のものに、美術調律者が相対していた。

いま、影がたった一本手にしたペインティングナイフがまた動いた。

＊

「形上太郎が召還しようとしたものは、あれか」

影はナイフで示した。

流れはしだいによどみ、ある形となった。

人間の目には巨大な触角のように見えた。ただし、本体は常に流動しており、どこまでが体か闇か、その輪郭を見定めることは難しかった。

「恐らくは、な」

悪霊の父は答えた。

「恐らくだと？」

「兄は死んだ。真実は闇の中だ」

「異形の天才芸術家にしては凡庸なせりふだな」

影は臆せず挑発した。

「凡庸だと？」

黒形上が色をなす。

「おまえだけに黒い血が流れているのだろう？　存在のステージを超え、ありとあらゆる人類を睥睨しているのだろう？　ならば、不可能なことはないはずだ。それとも、おまえにも恐ろしいものがあるのか？」

「おまえはどうだ。偉そうに言うなら、おまえが召還してみろ」

「話をずらすな」

影はぴしゃりと言った。

「黒形上赤四郎の芸術は子供だましだ。哀れな裸の王様だ。一部の崇拝者を洗脳して悦に入ることしかできない、地上で最も愚劣な芸術家だ」

「……後悔するな」

黒形上の声が、低くなった。

「何を後悔することがある。ぼくには失うものはない」

「ほほう」

黒形上は胸から飛び出した心臓に触れた。

「おまえは本当に見たいのか。われわれの血の淵源を」

異形の父が問う。

「あれは淵源ではないのか」

影は虹色の球体の集積を指さした。

それはなおも流動しつづけていた。触角を振りかざしたときは、巨大な蛞蝓のごときものに見える。

素数は素数であり、素数でしかない。その選ばれて在《あ》ることの孤独と矜持の膜を除去されたことを恨むかのように、個々の球体は明滅しながら光っていた。

「淵源ではない。まだ、その先がある」

影は聞き逃さなかった。

父の悪霊の声には、そこはかとないおびえの色が塗られていた。

「おまえの力なら、その先へ行けるだろう」

かねてよりあたためていた青写真通りに、影は言葉を継いだ。

「むろん、行ける。おれは人類でただ一人、存在のステージを超えたのだ」

黒形上赤四郎はそう言うと、両手で首を掲げ、本来の位置に戻した。

その首を、ぐるりと回す。一回転すると、元の位置に戻った。

心臓は飛び出したままだ。真っ赤なその部分だけがゆっくりと脈打っていた。

「外道になっただけじゃないの」

客席から明が声を飛ばした。

「黙っていろ、小娘」

黒形上が応じる。

「おまえは自己模倣《もほう》を繰り返していただけだ。何が黒一色の芸術家だ。おまえの才能はとっくに枯渇《こかつ》していたんだ」

かつてはパトロンだった孝が喝破《かっぱ》した。

「画商風情に何がわかる。引っ込んでろ」

黒形上は一蹴《いっしゅう》した。

「どうやら邪神を召還する力はないようだな。見かけ倒しもいいところだ」

影がなぜ父を挑発しているのか。光には意図がわかっていた。友に追い風になる言葉を送る。

「見かけ倒しだと？」

黒形上の顔が紅潮する。

「そうよ。そうやって首を取り外したり回したりするしか能がないんでしょ？　見せ物と変わらないじゃない。とんだお笑いだわ」

明が指さして笑った。

「見せ物芸人・黒形上赤四郎か」

「ちょうどお似合いだ。これからはそれでいけ」

光と孝も和す。

「お、おまえら……」

悪霊の声が怒りにふるえた。

「本名の形上四郎って、ほんとにお笑い芸人みたいね」

「かっこだけの芸術家役でB級映画にでも出ればいい」

きょうだいがなおも挑発する。

「後悔するぞ。外宇宙に通じる最後の扉が開いたら何が流入してくるか、おまえらはわかっているのか」

恫喝するように言うと、黒形上赤四郎は影を見た。

「何が現れようとも、ぼくが調律する」

影はペインティングナイフをかざした。

「そんなものが何になる。蟷螂《とうろう》の斧《おの》にもなるまいに」

悪霊の父が鼻で嗤った。

「ぼくという存在の、魂の色と形で封印する」

かつてはひ弱かった青年画家は、昂然《こうぜん》とそう言い放った。

「……わかった」

悪霊の父はうなずいた。

「この世が滅んでも、濁流にすべて呑みつくされても、後悔はしないな？」

「ああ」

今度は影がうなずく。

「おれの力を見せてやる」

黒形上赤四郎は大きく両手を広げた。

「見ろ！」

尖った指が、最も深い闇を指さした。

＊

「一にして全なるものよ」

黒形上赤四郎は、虹色の球体の集積に向かって告げた。

「全にして一なるものよ、ヨグ＝ソトースよ」

悪霊はその名を発音した。

声に出してしまった。

「邪神の名を告げたわ」

ホールの客席から、明が言った。

「しかも、正確無比の発音で……」

三ヶ木教授がうめく。

「正確に発音してはいけないんですか？」

光が問う。

「……いけない」

いつもは能弁な教授の答えは短かった。

「見て！」

明が指さす。

変容が始まっていた。

もう触角のようなものは見えない。虹色の球体の集積は仮面にすぎなかった。それがゆっくりと剥がれていく。

「聞け、一にして全なるものよ」

黒形上は続けた。

「外宇宙へ通じる扉の鍵の守護者よ、最も深い闇に潜むものよ、ヨグ＝ソトースよ」

その名を呼ぶたびに、仮面が剥がれていく。

元は素数の根に埋まっていた虹色の球体は徐々に陰り、闇が濃くなっていく。

ただの闇ではない。

それは蠢き、泡立ち、膿《うみ》のように粘液状になって緩慢《かんまん》に流動していた。

その濃い闇を、影はしっかりと見据えていた。

いよいよ最終局面だ。

美術調律者としての戦いは、恐らくこれで終わる。

父の悪霊との戦いも、また。

影はペインティングナイフを構え直した。

闇が波動する。

その奥に、ある諧調が生まれていた。

濃淡、と言ってもいい。

そのいくらか淡くなった部分に、おぼろげな矩《く》形《けい》が浮かびあがった。

扉だ。

黒形上はそこを指さした。

「一にして全なるものよ、ヨグ＝ソトースよ」

さらに呼びかける。

邪神の名を正確に発音する。

「大いなる闇に潜む鍵を授けよ。最後の扉を開け」

その言葉に応《こた》え、喚ぶ声がした。

発声器官を持たないものが発した、最も根源的な声だった。

それは、限りなく混沌の母音に近かった。

＊

「なんて音なの……」

明はうめいた。

音のスペシャリストである女性指揮者の頭脳でも、それを分析することはできなかった。この世のすべての色が溶き合わされ、単色の黒と化したかのような恐ろしい声だった。

「呪文だ……」

三ヶ木教授が目を瞠った。

冥《くら》い画面の中では、黒形上赤四郎が呪文を唱えていた。明晰に発音されている言葉は何一つない。粘液さながらの声が陰々と響いてくる。

「『一全教真伝』に記されていた、禁断の秘法を唱えているぞ。しかも、正確に」

教授の目には、強い怖れの色が浮かんでいた。

「それを正確に唱えたらどうなるんです？」

孝が口早に問う。

「もう取り返しがつかない」

教授の声は震えていた。

「影の口も動いてるぞ」

光が指さした。

「あれは……身を護るための呪文です。『一全教真伝』に記載されていました」

どうやら教授がレクチャーしたものらしい。

影は一心にその「白い呪文」を唱えていた。

壁画の前から人影が消えた。橋上の部下たちに誘導された観客は、悲鳴をあげながら我先にと美術館から逃げ出した。

「祈り」はさらに変容を続けていた。

どこにもない救いを求めていた無数の手は剥がれ落ち、萎《しな》びて消えた。

その代わり、大きくうねる渦が現れていた。

黒い渦だ。

それは、大いなる闇の光景と通底していた。


喚ぶ声がする。

黒形上の表情が変わった。飛び出た心臓が真っ赤に染まる。

異形の天才は、明らかに恐れていた。

扉の向こうに潜むものを。

外宇宙からなだれこんでくるさだかならぬものを。

矩形が鮮明になった。

開く。

最後の扉が開く。

そして、初めの触手が現れた。

*

「うわあああああっ！」

絶叫が放たれた。

叫んだのは影ではなかった。

黒形上赤四郎だった。

無数の触手……いや、あえて人知に照らせば触手としか呼びようのないものは、扉の向こうから濁流となって押し寄せてきた。

封印されていたものは、影と黒形上をいともたやすく押し流した。

ペインティングナイフを櫂として、影は必死にこらえた。

調律される。

この世の不協和音は、ぼくが念ずれば必ず美しく調律される。

流されながらも、影はそう念じた。

その祈りにも似た思いが一縷《いちる》の命綱だった。

だが……。

黒形上は違った。

外宇宙から押し寄せてきたものは、黒一色の天才の首を一瞬で削ぎ落としていった。

首と胴が泣き別れになった。

両手を懸命に伸ばしたが、首をつかむことはできなかった。

心臓が激しく搏《う》つ。

その赤く膨張したものが、闇の中で光っていた。

ペインティングナイフを櫂として、影は非在の船を漕いでいた。

その目に、赤いものが映った。

悪霊の父の心臓であることはただちにわかった。

近づく。

ナイフを構えるや否や、影は渾身の力をこめて心臓に突き刺した。

その存在の芯を貫いた。

影のナイフは、父の魂の中心を正しく刺し貫いていた。

遠い闇の中で、悲鳴が響いた。

首だけになった父の声だった。

血が飛び散る。

それは画面を超え、ホールの客席にも降り注いだ。

＊

「うわっ！」

光が叫んだ。

降り注いできたのは、悪霊の血だけではなかった。

黒々とした不定型なものもいっせいになだれこ

んできた。

「逃げろ」

孝がエントランスホールのほうへ真っ先に駆け出した。三ヶ木教授も続く。

「うわ、気持ち悪い」

明の足に粘液状のものがまとわりついていた。

よく見ると、不定型なアメーバ状の塊の中に形があった。

それは蛇であり、蛸の足であり、蜈蚣であり、蚯蚓であり、油虫であり、そのいずれでもないものでもあった。旧宇宙のものを祖とし、現宇宙で進化を遂げてきたいくつかの生物がいる。それらが旧宇宙の消息を伝えているがゆえに、人間は原初的な恐怖と嫌悪感を抱くのだった。

「こっちだ」

光が明の手を引いた。

一同はエントランスホールに逃れた。


しかし……。

そこも安全な場所ではなかった。

壁画が動いている。いや、蠢いている。

世界の涯《はて》、外宇宙に通じる境界の澱《よど》んだ沼のごとき場所に、巨大な壁画は通じていた。

渦巻く。

混沌の沼が渦巻く。

その泥濘《でいねい》のごとき場所から、やにわに手が突き出された。

「黒形上だ」

孝が指さす。

両手が覗き、心臓が現れた。

血が迸《ほとばし》っている。

首のない胴体は、なおしばらく苦悶を続けた。

両手が痙攣《けいれん》する。

「死ぬわ」

明がつぶやいた。

「ついに、悪霊が……」

光が目を瞠る。

そして、頭部が現れた。

黒形上赤四郎の両目は、いっぱいに見開かれていた。

顔全体に、恐怖と驚愕の色がべっとりと塗りこめられている。

悪霊は叫んだ。

見てはならないものを見てしまった者は、最期に絶叫した。

言葉にはなっていなかった。放たれたのは、混沌の母音だった。

次の瞬間、黒形上の顔に亀裂が走った。

裂ける。

存在のステージを超えた悪霊の顔は、縦横無尽《じゅうおうむじん》に裂けていった。

眼窩から眼球が外れて飛び散る。

耳も鼻も砕け散る。

そして、顔全体がやにわに爆発した。

脳漿が散る。

首ばかりではない。胴体も四散して砕け散った。

悪霊の魂も散った。

黒形上赤四郎は、無数の断片と化して死んだ。

＊

黒い渦だった壁画に、少しずつ色が戻ってきた。

元の「祈り」に近づいていく。

そのうねりの中に、手が現れた。

「影クン！」

明が駆け寄る。

「影！」

光も続いた。

壁画から救いを求めるように突き出された手を、美島家のきょうだいがつかむ。

呼吸を合わせ、一気に引くと、黒い泥濘にまみれた影の体が現れた。

「影クン、しっかりして」

「黒形上は死んだぞ」

美術調律者は目を覚まさなかった。

泥濘に呑まれ、息絶えているように見えた。

「影クン！　影クン！」

明が懸命に体を揺する。

いつのまにか、雷鳴が止んだ。

流入してきたおぞましいものも姿を消した。

「救急車だ」

橋上が部下に告げ、気遣わしげに覗きこむ。

やがて……。

絵の具が欠落した箇所は多いが、「祈り」は旧に復した。

それはもう外宇宙に通じる沼ではなかった。形上影が心血を注いで描いた大作壁画だった。


「影クン！」

明が最初に気づいた。

影のまぶたがわずかに動いたのだ。

その手を握り、さらに名を呼ぶ。

「息があるぞ」

光の声が弾んだ。

次の瞬間、影は目を開けた。

瞬きをする。

美術調律者は、以前と同じ澄んだ瞳で世界を見た。

エピローグ　川沿いの道

病院に搬送された形上影は、集中治療室に入れられた。

全身の衰弱が著しく、一時は予断を許さない状況だったが、ひとたび峠を越えると着実に回復に向かった。チーム美島の面々は愁眉を開いた。

やがて、影は一般病棟に移された。日当たりのいい、静かな個室だ。初めのうちは最後の戦いの反動で言葉も出ないほどだったが、少しずつ顔に赤みが戻ってきた。

日差しが心地いいある昼下がり、光と明は連れ立って影の病室を見舞った。

医師の了解を得て、二人はあるものを持参した。母のユミがつくった特製のスープだ。食が細いとき、影はむかしからこのスープを飲んできた。

「どうだい、調子は、影」

明るい調子で、光は声をかけた。

「だいぶ顔色が良くなったね、影クン」

明も和す。

影はすぐ言葉を発しなかった。人間の力を超えた戦いの後だ。やはりまだかなりの後遺症があった。

「とにかく、飲んで、ママのスープ」

明が魔法瓶をかざす。

「ああ……」

影はようやく短く答えた。

「昨日は橋上さんと安倍美明君が来た。あれだけ大変なことがあったけど、この地上の安寧《あんねい》は守られているらしい」

光が告げた。

恐るべき悪霊だった黒形上赤四郎が退治されたのと揆《き》を一にするように、黒形上によって召喚された邪神の気配も消えた。

なぜかはわからない。邪神には感情も条理もない。

　いったん大いなる闇に還っただけで、いずれまた何かのきっかけで人類の歴史にクロスしてくるかもしれないが、ひとまず悪霊の死とともに危難は去った。

「影クンのおかげよ。……はい、スープ」

　明からカップを受け取ると、さまざまな野菜をじっくり煮詰めた優しい味のスープを、影はひと口ずつ味わいながら飲んだ。

「それから、今日は朝から三ヶ木先生が見えた」

　光は報告を続けた。

「美島ユミのファンだったから、生で『川沿いの道』を歌ってもらってたいそうご満悦だった」

「そうそう。レコードにサインをもらったりして」

「むかしはレコードだったもんな」

「わたしもうちにあったクラシックのレコードを聴いて育ったんだから」

　不幸な育ち方をした影の前では、いままではあまり平和な美島家のむかしのことは語らないようにしていた。しかし、もうそんな遠慮は要らない。悪霊の父・黒形上赤四郎は死んだのだから。成長した美術調律者が、ついに息の根を止めたのだから。

　スープを飲みながらきょうだいの話を聞いていた影が、ふと顔を上げた。

「歌って……くれないか」

　明に向かって言う。

「歌を？」

「ああ」

　影は短く答えた。

「うん、いいわ。『川沿いの道』でいいのね？」

　明が問うと、影はかすかな笑みを浮かべてうなずいた。

　指揮者には歌が上手な人が多いが、明も母ゆず

りの美声だ。その透明感に満ちた声が、ほどなく
昼下がりの病室に響きはじめた。

春の風が吹いて
さくら　きれいに咲いた
この川沿いの道を歩いた
あなたはもういない

この花　あなたに
もいちど見せてあげたい
いのち散らした
あなたの声が聞こえる

春の風が吹いて
川は静かに流れる
この川沿いの道は遥か
あなたがいるようね

二番も、と影が目でうながす。
明がうなずく。
歌声が続いた。

春の風は優しく
わたしの頬をなでる
この川沿いの道は静か
あなたはもういない

この花　あなたに
もいちど見せてあげたい
いのち散らした
あなたどこかで見てる

春の風に花は
ふるふる散って流れる

この川沿いの道は遥か
あなたがいるようね
あなたがいるようね……

さわやかな余韻を残して、明の歌が終わった。

「ブラボー」

光が拍手する。

明がおどけたお辞儀をした。

弱々しいが、影も両手を打ち合わせた。

「でも、歌ってて改めて思った。影クンが無事で良かった、って」

「川沿いの道」には「いのち散らしたあなた」が登場する。どういう経緯なのかはわからないが、死者を悼《いた》む歌だ。

「ほんとに良かったな。あとは回復を待つばかりだ」

光が笑みを浮かべた。


幸いにも、影は何も覚えていないらしい。かろうじて記憶に残っているのは、父の心臓にペインティングナイフを突き刺したことくらいだった。

そのほかのおぞましいもの、外宇宙からなだれこんできた筆舌に尽くしがたいものの記憶が欠落していたのは、影にとっては幸運だろう。もし鮮明にすべて記憶していたら、その精神は崩壊していたかもしれない。

「絵は？」

影は短くたずねた。

「壁画のこと？」

と、明。

影がうなずく。

「心配ないわ。崩れたところはあるけど、体が良くなったら、影クンが少しずつ修復すればいい」

「そのためにも、養生《ようじょう》して体力をつけておかないとな」

光が言った。

「ああ」

日が少し移ろい、影のところにまで差しこんできた。美術調律者の横顔を、恩寵のように照らす。

「そうそう。影クンが良くなったら、川沿いの道を散歩しない？　いいところを知ってるの」

なぜかどこか思いつめたような顔つきで、明が言った。

「川沿いの道、か……」

「そう。いまの歌に出てきたような道」

「……いいね」

影はそう答え、穏やかな笑みを浮かべた。

＊

光はスケッチブックを取り出した。

川沿いの遊歩道の近くまで影と明を車で送ってきたけれど、ここからはやることがない。手持ちぶさただから、スケッチで時間をつぶすことにした。

妹からは「無駄に速い」といつも小言《こごと》を食っているから、話が終わるまでに何枚か描けてしまうだろう。画家として上のステージに行くためには、もっとじっくり描いたほうがいいのだろうが、なにぶん習い性になってしまっているから致し方ない。

それにしても、驚いたな……。

鉛筆を動かし、川沿いの道を歩いている二人の後ろ姿をスケッチしながら、光は改めて思った。

影が無事退院したあと、病室で約束したとおり、川沿いの道を散歩したいと明が言いだした。

どうも何か考えがあるようなので妹に問うと、珍しくほおを少し染めて明は答えた。

「プ……したいの、影クンに」

明がそう言ったから、光はすっかり早合点《はやがてん》した。

「ああ、プレゼントか、快気祝いの」

「ううん……」

妹は首を横に振り、思い切ったように言った。

「プロポーズ」

「えっ、プロポーズ？　影にか」

「ほかのだれにするのよ」

「でも……普通は男のほうからするもんだろう」

「いいの。わたし、男装の麗人なんだから」

明はしれっとそう言い放った。

そんなわけで、明がセッティングした場所に車で運んできたのだった。

だいぶ離れているので、二人がどんな話をしているか声は届かない。さすがにいきなりプロポーズすることはないだろうから、兄としては気がめるけれども、鉛筆を動かしながら待っているしかなかった。

二人は足を止め、遊歩道のベンチに座った。速筆の光は早くも一枚目のデッサンを終えた。

自然にタイトルが浮かんだ。

「恋人たち」

同時に、かつてない手応えを感じた。このデッサンに基づいて油彩《ゆさい》画を完成させれば、ことによると代表作になるかもしれない。画家として、ようやく一つ階段を上がれるかもしれない。

光がそう思った瞬間、影と話しこんでいた明がベンチから立ち上がった。

プロポーズの結果は身ぶりで告げることになっていた。
○か、×か。
光はじっと目を凝らした。

長身の女性指揮者は、ひと呼吸置くと、長い腕と脚を全部使って○を示した。

「おお」

光は思わず声をあげた。

「おめでとう！」
恋人たちに向かって、大声で祝福する。
影も手を挙げた。
友に向かって大きく振る。
光は速足で近づいた。
川沿いの道を、だんだん春らしくなってきた心地いい風が吹き抜けていく。
やがて、「恋人たち」の笑顔がくっきりと見えた。

「美術調律者・影」シリーズ、完

主要参考文献

中西繁『油彩画超入門　光と影を描く』（講談社）
『高松次郎ミステリーズ』（東京国立近代美術館）
東雅夫『クトゥルー神話事典［第四版］』（学研M文庫）

＊挿入歌「川沿いの道」はオリジナル曲です。
https://note.mu/kranymikohime/n/ned4ab2db61be

＊「美術調律者・影」シリーズ既刊『赤い球体』『黒い楕円』『白い封印』（角川ホラー文庫）

クトゥルー・ミュトス・ファイルズ
The Cthulhu Mythos Files

大いなる闇の喚び声
美術調律者、最後の戦い

2015年6月10日　第1刷

著　者
倉阪 鬼一郎

発行人
酒井 武史

カバーイラスト、口絵　煙楽
本文中のイラスト　フーゴ・ハル
帯デザイン　山田 剛毅

発行所　株式会社　創土社
〒165-0031 東京都中野区上鷺宮 5-18-3
電話 03-3970-2669　FAX 03-3825-8714
http://www.soudosha.jp

印刷　株式会社シナノ
ISBN978-4-7988-3027-8　C0093
定価はカバーに印刷してあります。